1920년대 재조일본인 시나리오 선집 2

1920년대
재조일본인
시나리오 선집 2

임다함 편역

역락

머리말

　최근 일제강점기의 조선영화사 연구 분야에서는 '지배와 피지배', '탄압과 저항' 등의 이분법적 구도로 조선영화사를 이야기해온 종래 연구 방법과 거리를 두고, 이 시기의 조선영화계를 보다 다각적으로 파악하려는 연구가 계속해서 등장하고 있다. 일국영화사의 영역을 넘어 일제강점기 조선영화계를 총체적으로 조망하려는 이러한 연구들이 등장하기 시작한 것은, 한국영화사의 연구영역을 확장시켰다는 점에서 매우 의미 있는 성과라 할 수 있다.

　이러한 일련의 연구는 일제강점기의 조선에서 영화가 제작·흥행되고 관객에게 수용되었던 공간, 다시 말해 조선영화계의 중심지였던 식민지 조선의 수도 '경성(京城)'에 주목하고 있는데, 이 과정에서 기존 연구에서 등한시해온 '재조일본인 영화인'이라는 존재가 새롭게 부각되기에 이르렀다. 실제로 조선에 수입된 '영화'라는 새로운 미디어가 근대산업으로, 그리고 하나의 예술 장르로 정착하기

까지 식민지 조선에 거주했던 재조일본인의 영화 관련활동은 조선 영화의 제작 및 흥행 전반에 걸쳐 무시할 수 없는 큰 비중을 차지함에도 불구하고, 그동안 영화 제작주체의 국적을 중심으로 한 일제강점기 한국영화사 서술에서 그들의 존재는 완전히 무시되어왔던 것이 사실이다. 때문에 그동안 "전체상을 담아내지 못하는 반쪽짜리 서술에 그쳤다고 해도 과언이 아닌"[1] 이 시기 조선영화사 서술의 한계를 극복하는 대안으로서도, 재조일본인들의 조선에서의 영화 관련 활동을 실증적으로 고찰하는 것은 매우 시급한 과제라고 할 것이다.

그러나 현재 재조일본인에 관한 연구가 한국과 일본 양국에서 문학·역사·정치·사회학 등 다양한 분야에 걸쳐 활발하게 전개되고 있는 데 비해, 재조일본인과 영화에 대해 구체적으로 규명한 연구는 아직까지는 찾아보기 쉽지 않다. 이러한 상황에서 2013년 고려대학교 일본학 연구센터에서 편역 간행한 자료집 『일본어 잡지로 보는 식민지 영화』(전3권, 이하 '자료집')는 재조일본인이 조선에서 펼친 영화 관련 활동의 일단을 엿볼 수 있는 귀중한 자료라 하겠다. 이 자료집은 일제강점기 재조일본인 독자를 대상으로 발행되었던 일본어 잡지 『조선공론(朝鮮公論)』(1913~1942)과 『조선 및

---

[1] 정종화, 「식민지 조선영화의 일본인들 : 무성영화시기 일본인 제작사를 중심으로」, 『일본어 잡지로 본 조선영화』 2, 한국영상자료원, 2011, 346쪽.

만주(朝鮮及滿洲)』(1912~1941)[2])에 실린 영화 관련기사, 즉 영화 관련 논설문 및 영화 촌평, 그리고 영화팬 전용 독자투고란을 총망라해 번역해 싣고 있다.[3])

단 이 자료집에는 영화 시나리오 및 영화 줄거리 소개 등의 창작물이 일체 실려 있지 않기 때문에, 본 편역자는 이를 보완하기 위해『1920년대 재조일본인 시나리오 선집』(역락, 2015)을 통해 시나리오 창작 방면에서 가장 왕성하게 활동했던 재조일본인 미쓰나가 시초(光永紫潮)가『조선공론』의 영화란에 기고한 시나리오 두 편을 번역 소개한 바 있다.

본서는『1920년대 재조일본인 시나리오 선집』의 후속편으로서, 지면 관계상 전권에 소개하지 못했던 미쓰나가 시초의 또 다른 영화 시나리오들을 싣고 있다. 식민지 조선에서 활동한 재조일본인 영화인이었던 미쓰나가 시초에 대해서는, 그가 꾸준히 잡지『조선공론』영화란에 투고한 영화 관련 기사 및 시나리오와 잡지『조선공론』영화란에 실린 조선영화계 관련 기사의 내용으로 미루어 대략적인 이력을 추정할 수 있다. 이에 따르면 그는 1925년경 '조선

2) 1908년에 잡지『조선(朝鮮)』으로 창간하여 1912년『조선 및 만주』로 개칭함.
3) 각 권에 수록된 기사의 게재 시기는 다음과 같다.
　제1권 1908~1923년, 제2권 1924~1933년, 제3권 1934~1944년.

영화예술협회(연구회)'의 회원이었고 1928년에는 조선의 영화제작 프로덕션인 도쿠나가 교육영화촬영소(德永教育映畵撮影所)의 촬영 감독으로서 각종 선전영화와 교육영화의 제작에 관여했으며 1929년경에는 '조선무대협회'의 감독을 역임했다. 또한 1932년에는 경기도 경찰부의 교통선전영화 각본 심사위원으로 참여하는 등, 1920년대에서 1930년대 초반에 걸쳐 일제강점기 조선영화계에서 맹활약하던 영화인이었다.[4)]

본서에서는 그가 잡지 『조선공론』 및 『문교의 조선(文教の朝鮮)』에 기고했던 세 편의 시나리오를 번역 소개하고자 한다. 먼저 첫번째 작품인 『복수(復讐)』는 『조선공론』 1922년 12월호에 실린 시나리오인데, 1922년의 경성신사(京城神社) 추계제전을 배경으로 벌어진 치정극을 다루고 있다. 미쓰나가의 시나리오는 조선과 경성의 명소를 작품의 배경으로 적극 활용함으로써 조선의 지방색을 전면적으로 드러낸다는 공통점을 지니고 있는데, 그의 시나리오 데뷔작인 이 작품에서도 미쓰나가는 경성신사, 남산공원 등 경성의 명소뿐만 아니라 욱정(旭町), 명치정(明治町) 등 당시 경성의 거리 풍경을 생생히 묘사하고 있다. 또한 이 시나리오는 1920년대 인기가 높았던 탐정소설의 영향을 받아 여주인공을 '여탐정'으로 등장시키고

---

4) 쓰쿠시 지로, 「키네마광 시대인가」, 『조선공론』 1928년 3월호, 3의 20쪽.

있다는 점에서도 흥미로운 자료라 할 수 있다.

두 번째 작품인『풍요로운 가을(饒かなる秋)』은 미쓰나가가 '쓰쿠시 지로(筑紫次郎)'라는 필명으로『조선공론』1924년 6월호에 기고한 작품이다. 작자의 말에 따르면 미쓰나가는 애초 이 시나리오를 전2권(全2卷)[5] 길이의 작품으로 기획하여 작품 말미에 제2권 시나리오의 게재도 예고하고 있으나, 현재로서는『조선공론』에는 제1권의 시나리오만 게재된 것으로 확인된다. 이 시나리오는 조선총독부 조사과의 의뢰를 받아 제작한 통계 선전영화〈부활에의 길(復活への道)〉의 촬영 각본으로 쓰여, 실제로 조선 부업 공진회장 연예관에서 상영된 작품이기도 하다. 통속적인 멜로드라마였던『복수』와달리 전형적인 총독부 선전영화인 이 작품은 조선의 함경북도 웅기 근처의 작은 시골을 배경으로 삼아 총독부가 추진했던 전국 통계조사의 정당성을 강력하게 선전하고 있다.

마지막으로 소개할『농촌행진곡(農村行進曲)』은 미쓰나가가 잡지『문교의 조선』에 1928년 7월호, 1929년 1월호와 2월호까지 총 3회에 걸쳐 연재한 시나리오이다. 식민지 조선에서 일본어로 발행되었던 월간 종합잡지『문교의 조선』(1925~1945)은 조선총독부 학무국의 관변 단체였던 조선교육회의 기관지였다.[6] 조선교육회는 1902

---

5) 권(卷) : 필름을 세는 단위. 1권은 대략 10~15분 정도의 길이.

년에 결성된 '경성교육회'를 모체로 하여 1910년 12월에 조직된 교육단체로서 총독부의 학무국 내에 본회를 두고 있었다. 조선교육회의 역할은 총독부의 관변단체로서의 기능을 충실히 수행하는 것이었기 때문에, 이러한 취지로 진행했던 각종 사업의 일환으로서 잡지『문교의 조선』을 발행하여 총독부의 통치 방침에 협조했던 것이다.7) 이러한 특색을 지닌 잡지『문교의 조선』에 실린 시나리오『농촌행진곡』또한, 실존했던 충북 청주군 미원 보통학교를 배경으로 하여 총독부가 주창하던 '이상적인 농촌'을 구현하기 위한 선전영화의 색채가 짙은 내용을 담고 있다.

그런데 한 가지 더 주목해야 할 점은 바로『농촌행진곡』이라는 작품의 제목이다. 미쓰나가의『농촌행진곡』이『문교의 조선』에 게재되던 시기, 동시대 일본에서는 잡지『킹(キング)』에 기쿠치 칸(菊池寛)의 소설『도쿄행진곡(東京行進曲)』이 연재되어 큰 인기를 얻고 있었다. 1928년 6월부터 1929년 10월까지 연재된『도쿄행진곡』은 1929년 5월에는 닛카츠(日活)에서 미조구치 겐지(溝口健二) 감독에 의해 영화화 되어 흥행에 성공을 거두었고, 삽입곡인〈도쿄행진곡〉까지도 크게 유행하면서 '지방 행진곡 붐(ご当地行進曲ブーム)'이라

---

6) 임이랑, 「일제시기『문교의 조선(文教の朝鮮)』에 나타난 조선총독부 학무관료의 조선교육론」, 『한국민족문화』, 2013.11, 373쪽.
7) 최혜주, 「해제편」, 『문교의 조선 총목차·인명색인』, 어문학사, 2011, 7~8쪽.

불릴 만큼 선풍적인 인기를 끌었다. 미쓰나가는 본서에 실린『농촌 행진곡』연재 직후인 1929년 8월부터 11월까지 잡지『조선공론』에 『조선행진곡(朝鮮行進曲)』이라는 시나리오(『1920년대 재조일본인 시나리오 선집』수록)를 4회에 걸쳐 연재했다. 이 작품은 '~행진곡'이라는 제목뿐만 아니라 극중에 〈조선행진곡〉이라는 노래까지 삽입하고 있어, 그가 당시 일본영화 흥행계의 유행을 의식적으로 도입하려 했음을 짐작할 수 있다. 따라서 미쓰나가의 시나리오『농촌 행진곡』과『조선행진곡』은 일본영화계의 '지방 행진곡 붐'이 제국의 지방이었던 외지(外地) 조선에 어떤 식으로 유입되고 변형되었는지를 살펴볼 수 있는 좋은 자료라 할 수 있을 것이다.

이처럼『1920년대 재조일본인 시나리오 선집』에 이어 후속편인 본서에 이르기까지 본 편역자가 소개한 '미쓰나가 시초'라는 일제 강점기 재조일본인 영화인의 시나리오는 1920년대 당시 식민지 조선의 시대상을 담고 있을 뿐만 아니라, 1920년대의 조선영화계와 일본영화계의 유행의 흐름 및 상호 교류·교섭의 양상까지도 엿볼 수 있는 단서를 제공하는 매우 중요한 자료이다. 지금껏 밝혀진 적이 없던 재조일본인의 조선에서의 영화 관련 활동을 실증적으로 고찰하기 위해 기획된 본 번역 시리즈가, 보다 다양한 시각으로 일제강점기의 조선영화계를 재조명하는 계기가 되어주기를 바란다.

마지막으로 본서의 번역과 출간의 기회를 주신 고려대학교 글로벌 일본연구원과 도서출판 역락에 깊이 감사드린다.

2016. 6.

편역자 임 다 함

차 례

범례

1. 수록된 작품은 원문 그대로 게재하는 것을 원칙으로 한다. 본문 중 부적절한 경칭이나 표현도 시대적 상황을 살리기 위해 원문 그대로 실었다.
2. 일본인의 이름 및 일본 지명은 일본식 발음으로 표기하고 한자나 히라가나를 원문 그대로 병기하였다.
3. 한자어로 된 단어나 고유명사의 경우 보다 정확한 의미 전달을 위해 필요시 한자를 원문 그대로 병기하였다.
4. '씬(scene)' 앞에 '#' 기호를 붙여 표기하였다.
5. 시나리오 용어는 가급적 원문에 나온 표현을 그대로 번역하였으며 보다 정확한 전달을 위해 필요시 한자 혹은 현대 시나리오 용어로 표기하고 주석을 달았다.
6. 문맥상 오자(誤字)임이 명백한 고유명사나 장면번호가 틀린 경우에 한해 수정을 하였다.

‖ 순영화극 ‖

『복수(復讐)』

●

미쓰나가 시초(光永紫潮)

순영화극 『복수(復讐)』

작가 미쓰나가 시초(光永紫潮)
작가 소개 생몰년 및 출신지 미상. '쓰쿠시 지로(筑紫次郎)'라는 필명도 병용
  함. 1925년경 '조선영화예술협회(연구회)'의 회원이었고 1928년 조선의 영
  화제작프로덕션인 '도쿠나가 교육영화촬영소(德永敎育映畫撮影所)'의 촬
  영감독으로서 각종 선전영화와 교육영화의 제작에 관여했으며 1929년경
  에는 '조선무대협회'의 감독을 역임했다. 또한 1932년에는 경기도 경찰부
  의 교통선전영화 각본 심사위원으로 참여하는 등 1920년대에서 1930년대
  초반에 걸쳐 일제강점기 조선영화계에서 맹활약하던 영화인이었다.
연재매체 『조선공론』 1922년 12월호

= 등장인물 =

간다 유리코 (여주인공)　　　　　　　　　20세

간다 후키코 (유리코의 언니)　　　　　　　25세

다케무라 만주오 (전당포 주인)　　　　　　33세

이무라 슌스케 (주식회사의 점원 청년)　　25세

마쓰다 기요시 (청년 기자)　　　　　　　　26세

= 시대 =

현대

【자막】(I.I)[8] 인생이란 애욕의 투쟁의 연속이다.

S# 1 서극(序劇)

(1) (I.I) 두 마리의 비둘기가 정답게 먹이를 찾아 돌아다니는데 고양이 한 마리가 심술궂게 덤벼들려고 한다.

【자막】1922년 10월, 경성신사(京城神社) 추계제전 때 벌어진 비극이다.

S# 2 여주인공 유리코(百合子)

(1) (I.I) 유리코, 경성신사의 울타리에 기대어 근심에 가득 찬 표

---

8) I.I(Iris In) : 화면 속의 임의의 한 점을 원형으로 확대시키면서 화면을 나타내는 것.

정. 이윽고 문득 어떤 일을 회상하고는 불쾌한 얼굴이
된다.

유리코 (독백) 아아, 나는 이로써 내가 해야 할 일을 다 해냈다.

저 멀리 신사 쪽을 향해 감사의 눈빛을 보낸다.

【자막】 유리코는 어느 새 다케무라에게 정복당했던 것이다.

S# 3 요리집 '마쓰(松)'의 2층

(1) (I.I) 유리코, 다케무라와 원탁을 사이에 두고 마주앉아 있다.
유리코, 눈물에 젖은 눈으로 다케무라를 바라본다.
두 사람, 서로 다가가 끌어안는다.
유리코의 기쁨에 가득 찬 마음의 선율이 드높이 울려 퍼
진다.

【자막】 언니인 후키코(富貴子)는 요즈음 여동생에 대한 이상한 소문
을 들었다.

S# 4 간다 후키코(神田富貴子)의 사무실

(1) 이무라 슌스케(伊村俊介)는 친구인 마쓰다(松田) 기자로부터
자신의 약혼녀 후키코의 동생인 유리코에 대한 소문을 듣고 걱정

하다가, 마쓰다가 말한 것이 사실로 밝혀지자 어느 날 후키코에게 전화를 건다.

이무라   후키코 씨. 요전의 편지는 잘 받았어요.
         그런데 갑작스럽겠지만 내가 유리코에 대한 이상한 소문을 들었거든.
         왜 그랬을까 라고도 생각했었는데, 유리코의 일시적인 방황이라면 그럴 수도 있겠다 싶기도 해서.
후키코   네, 저는 그 애가 조금도 이상하다고 생각하지 않았어요.
         동생 편 드는 거라 하시면 할 말은 없지만.
         하지만 그 애도 곧 결혼을 앞두고 있으니 조심해야죠.
         고마워요.
         그런데 슌스케 씨, 아버지가 한 번 놀러 오시라고 하셨어요. 이번 토요일에 오세요.
이무라   아버님께서? 그럼 후키코 씨가 초대하는 게 아니니 난 안 갈래.
후키코   어머나, 그런 게 아니에요. 저도 기다리고 있어요.

　【자막】 혹시 여동생은 다케무라 씨를 좋아하는 것이 아닐까?
S# 5 남산공원 나무 그늘의 벤치

(1) (I.I) 간다 유리코, 화장을 마치고 잘 차려입은 모습으로 석양
을 양산으로 가리며 외출한다. 회사에서 돌아오던 언니
후키코가 그녀를 발견하고는, 이무라와의 통화도 마음에
걸리는데다가 혹시나 하는 의심이 들어 여동생이 눈치
채지 못하게 뒤를 밟는다. 본정(本町)9) 거리로부터 조선
은행 앞까지 나온 유리코는 잠시 동경의 눈길로 오가는
사람들 속에서 무언가를 찾는 듯한 기색.

(2) 경성 우체국의 철책에 몸을 기대고 있던 다케무라 만주오, 고
무 샌들을 신은 채 발소리를 죽여 유리코의 뒤로 돌아가 어
깨를 두드린다.

유리코　　(놀라서 뒤돌아보고는 생긋 미소 지으며)

　　　　　어머나, 내가 아까부터 열심히 찾고 있었는데 나쁜 사람
　　　　　같으니라구.

　그렇게 말하며 두 사람은 나란히 욱정(旭町)10) 거리 쪽으로 사라
져 간다.

　그 뒷모습을 바라보는 후키코, 멀어져가는 두 사람의 모습을 물
끄러미 바라보며 걱정스러운 듯 깊은 한숨.

---

9) 현 서울시 중구 충무로의 일제강점기 명칭.
10) 현 서울시 중구 회현동의 일제강점기 명칭.

(3) 후키코 (독백) 아, 내 동생이 무슨 짓이람.

본 적 없는 사람인데 저 남자는 누구지?

【자막】다케무라에게는 내지(內地)에서 그가 돌아오기를 기다리는
처자식이 엄연히 있었다.

S# 6 동경 다케무라 가(家)

(1) 따끈따끈 따뜻한 마루에서 하녀가 장지문에 풀을 바르는 것
을 돕고 있던 머리를 둥글게 틀어 올린 여자가, 감색 옷에 학생모
를 쓴 소년과 아버지에 대한 이야기를 나눈다.

소년　　어머니, 아버지는 언제 돌아오세요?

제가 조선으로 갈까요.

어머니　아니다, 아버지는 일이 끝나면 곧 돌아오실 거야.

아버지가 그곳에 가실 때 말씀하셨잖니. 얌전히 집 잘
보고 있으면 우리 아들 좋아하는 선물을 잔뜩 사 오시겠
다구.

소년　　그래도 어머니, 아버지가 빨리 오시면 좋겠어요.

머리를 틀어 올린 여자는 아이 몰래 살짝 눈물을 닦고는 쓸쓸하
게 미소 짓는다.

어머니 　그럼. 우리 아들이 기다리는 거 잘 아시니까, 아버지는 꼭 돌아오실 거야. 그렇지, 유키 짱.

머리를 틀어 올린 여자와 소년이 끌어안는 장면 (클로즈업).

【자막】후키코는 이무라를 찾아가 여동생에 대해 상담했다.

S# 7 아오키도(靑木堂)의 3층

(1) (후키코와 이무라의 7분신(7分身).[11]

후키코, 걱정스러운 표정으로 고개를 숙이고 있다.

이윽고 얼굴을 들고 이무라를 바라본다.)

후키코 　정말로 곤란하네요. 이무라 씨, 어떻게 하는 게 제일 좋겠어요?

이무라 　그렇지만 아까부터 말씀 드린 대로 상대방이 전혀 성의가 없으니 유리코 씨가 한시라도 빨리 정신 차리도록 해야겠지요. 그 사람은 아직 다케무라가 어떤 인간인지 모르니까요. 그를 믿는 거예요. 더 늦기 전에 어떻게든 빨리 말해주는 게 좋아요. 그러지 않으면 유리코 씨는 일생을 불행한 신세로 보내게 될 겁니다. 게다가 다케무라

---

11) 인물의 얼굴부터 무릎까지 담는 숏. 니 숏(Knee Shot).

	는 권번(券番)[12] 기생 초키치(蝶吉)와도 깊은 관계랍니다. 가령 이야기가 잘 된다고 하더라도 끝이 좋지 않을 게 뻔해요. 두 사람의 진실한 애정에 기반하지 않은 결혼이란 불행해질 게 뻔합니다.
후키코	맞는 말씀이에요. 저도 처음에 당신이 주의를 주셨을 때는 역시 동생 편을 들었다고 해야 할지, 혹시나 하고 있었더니만 정말로 제 동생은 다케무라에게 놀아나고 있었네요. 저는 정말로 다케무라에게든, 초키치에게든 제대로 복수를 해주고 싶어요.
이무라	복수를!
	(경악하여 혼잣말로 중얼거리고는 조용히 생각에 잠기며)
	과연, 다케무라가 하는 짓은 완전히 말도 안 되지요.
	그러나 후키코 씨, 그 이전에 생각해둬야 할 게 있습니다. 유리코 씨가 진심으로 다케무라에게 사랑을 느끼고 있는 것은 아닐까요?

【자막】 이 돈으로…나의 소중한 정조가 짓밟힌 것이다

S# 8 양쪽으로 가로수가 늘어선 길

---

12) 일제강점기 기생조합(妓生組合)의 일본식 명칭.

(1) 유리코, 쓸쓸하게 생각에 잠긴 채 돌아온다.

(2) (유리코 클로즈업) 유리코는 어떻게 해야 좋을지 몰라 갈팡질팡하다가 하늘을 바라보며 탄식한다. 문득 생각난 듯이 품에서 종이쪽지와 지폐를 꺼내어 물끄러미 바라보다, 눈물을 뚝뚝 떨어뜨리며 무의식중에 손에 쥔 지폐를 떨어뜨리고는 양 소매를 얼굴에 대고 흐느껴 운다.

(3) 언니인 후키코, 나무 그늘에서 얼굴을 내밀어 여동생의 모습을 지켜보다가 한숨을 쉰다.

【자막】 그날 밤부터 유리코는 행방불명이 되었다.

S# 9 간다 자매의 침실

(1) 베개를 나란히 하고 누운 언니.
동생 유리코는 계속해서 뒤척인다. 결국은 이불 위로 일어나 앉는다. 눈물이 그녀의 통통한 뺨을 타고 흘러내린다.

유리코　　(독백)
　　　　어떻게 해서든 나는 다케무라와 초키치에게 복수를 해야만 해.

두 사람에게 복수를 해내면 이무라 씨도 언니와의 혼담을 깨는 일은 없겠지. 나는 싸움을 걸어온 사람에겐 대응해줄 거야. 그것밖에는 내가 할 수 있는 일이 없어.

(2) 유리코, 조용히 생각에 잠긴 채 물끄러미 언니가 자는 모습을 바라보다가, 조용히 일어나 발소리를 죽이며 장지문을 열고 덧문을 걷어 올린다. 달빛을 받은 유리코의 미소는 무시무시했다.

(3) 언니 후키코, 문득 잠에서 깨어나 놀라고
어머니와 아버지 등 많은 사람들 (7분신)
머리를 맞대고 걱정스럽게 대책을 논의한다.

【자막】 여자 탐정 모집

    연령 21세까지
    탐정에 취미가 있는 부인을 구함
    세부사항은 면담 시 논의

    조선호텔 17호실
    조선비밀탐정사

S# 10 조선호텔 응접실, 문 위에 '17'이라 쓰인 문자를 보여줌.

   (1) 유리코(7분신), 문을 열고 안으로 들어간다.

   (2) (I.I) 유리코와 주임의 대화

유리코   그런 사정이 있으니 저를 꼭 채용해주세요.

          (무섭도록 긴장한 얼굴로) 저는 꼭 복수를 해야만 해요.

주임   …… (생각에 잠겨 대답 없는)

유리코   채용이 된 건가요? (불안하게 탄식하며 동정을 구한다)

주임   (턱에 괴었던 손을 내리며)

          그럼, 부탁드리는 것으로 하지요.

   (3) 유리코, 기쁜 듯이 미소 짓는다. (클로즈업)

   【자막】 어때요, 유리코 씨. 다시 한 번 생각해주지 않겠어요?

S# 11 남산의 어느 요릿집

   (1) (다케무라 만주오 클로즈업) 다케무라, 미소를 머금은 채 호색한 같은 눈빛으로 유리코의 얼굴을 바라보며, 유혹하듯 말한다.

(2) ((1)의 계속)

유리코는 말없이 문으로 향한다.

다케무라, 슬쩍 유리코의 손을 잡으려고 한다.

유리코는 강하게 다케무라의 손을 뿌리치며

【자막】 초키치 씨와의 관계를 완전히 정리해주세요…
　　　　그래야만 저는 당신의 것입니다.

S# 12 유리코의 얼굴 (흐릿하게) 기억을 더듬는 표정

(1) 어느 다다미 방에서 초키치와 다케무라가 술잔을 주거니 받
거니 하고 있다.

(2) 유리코, 불쾌한 표정

유리코　　당신, 정말 무서운 사람이군요. 저는 조금도 몰랐어요.
저도, 우리 언니도, 아마도 제 부모님까지도 당신을 믿고
있었죠. 특히나 저는 당신을 한 치도 의심한 적이 없어
요. (점점 흥분한 어조로)
그런데도 당신이란 사람은 무서운 사람이네요. 저는 당
신 때문에 여자의 가장 소중한 것을 잃어버렸습니다. 저
는 지금, 그걸 후회해요. 아무 것도 모르고 당신에게 속
았던 거예요. 이제 아무런 할 말이 없어요. 그저 제 명예

를 위해 복수할 겁니다.

(3) 다케무라의 곤혹스러운 얼굴

다케무라 복수!

(놀라서 반복해 말하며 멀거니 여자를 바라보다 문득 생
각을 바꾼 듯한 어조로)

유리코 씨, 당신은 어째서 그런 소리를 하시는 겁니까?
초키치는 기껏해야 기생일 뿐이잖아요. 말도 안 되는 소
릴!

(4) 유리코의 냉정한 얼굴

유리코 그 기껏해야 기생일 뿐인 초키치에게서 2만원이 넘는 사
업 자금을 빌린 사람이 있으니 놀랍네요.

(5) 다케무라 (경악한 얼굴), 애원하듯이

다케무라 유리코 씨, 당신 오늘 좀 이상합니다.

제 마음은 정해져 있어요. 결코 당신이 한숨 지을 만한
일은 하지 않았습니다. 그런 소리 하지 말고 언제나처럼
기분 좋게 거리 구경이라도 가죠.

(6) 유리코, 흥분해서

유리코   저에겐 그저 복수만이 있을 뿐입니다. 그 외엔 당신에겐
         볼 일이 없어요.
         (다케무라의 손이 닿으려는 것을 거세게 뿌리친다)

【자막】 한양(漢陽) 천지는 환락경에 빠져 있었다.

S# 13 경성신사 대제 당일의 신사 (흐릿하게 클로즈업)

(1) 보통 다이아몬드라고 불리는 별 모양의 광택이 옷감에서 솟
    아난 듯 보이는 섬세한 무늬의 옷에 고풍스러운 허리띠, 흑
    호박과 작고 반짝이는 비취 띠 장식이 비스듬하게 달려 있는,
    누가 보아도 한눈에 상류층 아가씨임을 알아채기에 충분한
    복장의 간다 유리코. 아름답게 장식된 수레를 향해 물밀 듯
    이 몰려드는 군중 사이에서 누군가를 찾는 기색. 그녀의 영
    리한 눈동자는 사방팔방으로 향하고 있다.

(2) 그때 군중이 수레의 뒤에서 밀고 밀리는 사이로, 마쓰다 기요
    시(松田潔)가 나타난다.

유리코   어머나 마쓰다 씨! 아까부터 저, 당신을 찾고 있었어요.
마쓰다   (유리코에게 다가가며 슬쩍 눈인사를 하면서)
         아 그러셨습니까? 무슨 일이신지.
유리코   네, 요전일로 좀... (주저하다 결심했다는 듯한 표정으로)

유리코   저, 서서 얘기하긴 좀 그러니 잠깐 점심이라도 함께 드
         시지 않으실래요?

(3) 마쓰다, 유리코와 함께 요릿집으로 들어간다.

【자막】 마쓰다 씨, 저는 간신히 다케무라 상점의 영업 내역을 조사
        했어요.

S# 14 유리코, 영리한 눈동자를 마쓰다에게 향하며

(1)

유리코   그 일이 있고나서 저는, 언니나 이무라 씨에게서 주의를
         받았어요. 저도 생각해보니 참 바보 같았죠. 다케무라에
         게 엄연한 처자식이 있다는 건 꿈에도 몰랐습니다. 그런
         데…그런 저를 속이다니…
         그 사람은 악마예요. 남자란 동물은 다 그런 건가요?
         저는 반드시 저 다케무라와 초키치에게 복수를 해야만
         한다고 결심했습니다. 그러려면 다케무라에게 치명상을
         입혀야겠죠.
         오늘에야 겨우 저 당당하게 영업 중인 다케무라 상점의
         내용 조사가 완전히 끝났습니다. 다케무라는 경제 불황
         때문에 이미 옴짝달싹 못 할 정도로 궁지에 몰려 있어
         요. 기생 초키치가 몇 번이고 빌려준 돈으로 5천 원짜리

부도 수표를 막았을 뿐이었지요.

마쓰다 　(갑작스럽게 믿기는 어렵다는 태도로)

하지만 유리코 씨, 상대는 다케무라 씨란 말입니다.

설마 몇 만 원 정도의 돈 때문에 부도가 날까요?

저는 믿을 수가 없네요. 이건 타인의 신용에 관계된 일
이니, 그냥 무턱대고 믿을 수는 없습니다.

유리코 　과연 그렇지요. 당신의 직업 기질로는 정말 그러시겠지
요. 그렇지만 저는 움직일 수 없는 확증을 얻었어요.

마쓰다 　움직일 수 없는 것이란 건?

유리코 　이걸 보세요.

(경성 수표 교환소의 부도 공시, 흥신소의 신용 상태 보
고서, 등기소의 자산 조사서를 차례로 비춤)

(2) 마쓰다, 유리코에게서 서류를 받아들고 자세하게 들여다본다.

마쓰다 　과연, 저 대단한 다케무라 씨가 이렇게 된 겁니까?

(감정을 억누르기 힘든 듯) 그래서 당신은 이걸로 어떻
게 할 심산입니까?

유리코 　(약간 흥분하며)

말할 필요도 없지요.

저는 이걸 공시해서 다케무라가 이 사회에서 매장당하
길 원합니다. 그게 제 복수예요.

마쓰다　그렇군요. 그런데 유리코 씨, 당신은 저 다케무라 상점을
　　　　원망하고 있는 겁니까, 아니면 다케무라 만주오를 원망
　　　　하고 있는 겁니까.

유리코　양쪽 다지요!

마쓰다　유리코 씨, 저는 저 다케무라 상점과도 만주오와도 아무
　　　　상관이 없습니다.

　　　　그런데 지금 저 다케무라가 도산하게 된다면, 그 때문에
　　　　저 본정 거리에서 희생되어야 할 상점이 많이 생겨납니
　　　　다. 당신의 복수는 다케무라 개인으로 끝나는 게 아닌
　　　　겁니다. 간접적으로 당신과는 아무런 상관이 없는 선량
　　　　한 사람들까지도 화를 당하게 됩니다.

　　　　그걸 생각하니 저는 곧장 펜을 들고 싶진 않은 겁니다.
　　　　그 사실이 겉으로 드러날 때까지는 함부로 다른 사람의
　　　　신용에 해를 입힐 행위는 자제하고 싶습니다.

유리코　(혼잣말 하듯이)

　　　　겉으로 드러날 때까지…

【자막】어느 날 다케무라 만주오에게 발신인 없는 편지가 날아들
　　　　었다.

S# 15 다케무라 만주오의 사무실

　　다케무라 만주오, 사무소 책상에 기대어 신문을 보고 있는 참에

사환이 편지를 두고 간다. 편지를 자세히 확인하던 그는 묘하게 기쁜 표정이 되어 봉투에서 편지를 꺼낸다.

만주오 발신인이 적혀 있질 않군, 하지만 이건 유리코의 필적인데…

(서둘러 봉투를 뜯더니 나온 내용물을 보고 이상한 표정)

(1) 수표 교환소의 부도 공시를 비춤

(만주오, 잠시 놀라 이상한 듯이 들여다본다)

(2) 흥신소의 신용 상태 보고서

(더욱더 이상하다는 표정, 점차 그의 표정이 흐려진다)

【자막】 이게 제가 당신에게 드리는 답례입니다.

S# 16

(1) 명함 뒷면에 비스듬히 복수라 적혀 있다.

"복수"

(2) 다케무라, 명함 뒷면을 보고 새삼 놀란다.

간다 유리코

조선호텔 17호실

조선비밀탐정사

【자막】 그 대단한 전통을 자랑하던 다케무라 상점도 결국 마지막 결
제일을 맞이했다.

S# 17 다케무라 상점의 안쪽

(1) 축제에 열광하며 소란스러운 군중의 끊임없는 움직임 속에
어딘지 가라앉은 듯한 다케무라 상점의 안쪽

(2) 같은 집 8첩(疊)방에 몸져 누운 기생 초키치를 늙은 어머니가
간호하고 있다.

【자막】 유리코, 용서해 줘. 내가 잘못했다!

S# 18 다케무라 만주오의 침실

(1) 악몽을 꾸며 뒤척이던 만주오, 꿈속에서 수표 교환소의 부도
공시를 본다.

(2) 유리코가 세차게 만주오의 손을 뿌리치던 S# 11의 (2) 장면의
클로즈업.

【자막】 본정의 전통 있는 상점주, 기생 초키치와 이별하다.

S# 19

(1) 어느 날의 신문 기사

악몽 이야기 (1)

사랑이냐 돈이냐?

기생 초키치 = 눈물의 이별 이야기

= 재계 불황의 파도는 결국 오랜 전통의 상점까지도 휩쓸었다

= 전통 있는 상점의 도산에 얽힌 여탐정의 활약

최근 덮쳐온 재계 불황으로 전통 있는 상점 중에도 영업 부진으로 허덕이는 곳이 많은 와중, 본정 거리에서 몇 대에 걸쳐 영업해온 의심의 여지없던 대형 상점이 젊은 주인의 단 한 번의 실수로 어떤 처녀의 원한을 산 끝에 파국을 맞이하여 권번에서 초키치라는 예명을 드날리다 지금은 상점 안쪽의 8첩 방에서 병마에 시달리는 총애하던 기생과 헤어지고 말았다는 슬픈 이야기다.

【자막】 결국 여자의 원한이 바위를 뚫었다.

　　　　그러나 그녀 또한 슬픈 여자였던 것이다.

S# 20 간다 유리코의 방

(1) 유리코, 신문을 집어 들어 펼쳐들고는 가만히 들여다본다.

유리코   아아, 초키치는 병들고 버림받았구나.

　　　　　다만 내가 그렇게 됐을 때…다케무라에게 속았을 때를

　　　　　생각하니 그녀도 역시 여자. 초키치 씨도 가엾구나.

　　　　　그 사람도 역시 나와 마찬가지로 다케무라에게 속은 것

　　　　　일까.

(2) 유리코, 기생 초키치의 병든 모습을 상상한다.

(3) 유리코, 맥없이 눈물을 닦는다.

‖ 영화극 ‖

『풍요로운 가을
(饒かなる秋)』

−전2권−

●

쓰쿠시 지로(筑紫次郎)

영화극 『풍요로운 가을(饒かなる秋)』 전2권(全2卷)

작가 미쓰나가 시초(光永紫潮)
작가 소개 생몰년 및 출신지 미상. '쓰쿠시 지로(筑紫次郎)'라는 필명도 병용
　　함. 1925년경 '조선영화예술협회(연구회)'의 회원이었고 1928년 조선의 영
　　화제작프로덕션인 '도쿠나가 교육영화촬영소(德永教育映畫撮影所)'의 촬
　　영감독으로서 각종 선전영화와 교육영화의 제작에 관여했으며 1929년경
　　에는 '조선무대협회'의 감독을 역임했다. 또한 1932년에는 경기도 경찰부
　　의 교통선전영화 각본 심사위원으로 참여하는 등 1920년대에서 1930년대
　　초반에 걸쳐 일제강점기 조선영화계에서 맹활약하던 영화인이었다.
연재매체 『조선공론』 1924년 6월호

마쓰모토 데루카[13] 님

저번 달부터 약속드렸는데도 몇 번이나 헛걸음하시게 해서 정말 죄송합니다.

영화극『풍요로운 가을』은 일전에 조선총독부 조사과 마나베(眞鍋) 씨의 소개로 오니시(大西) 과장의 의뢰를 받아 집필한 것입니다. 조사과 요시다 슈에이(吉田秀英) 씨로부터 친절하고도 상세한 비평을 받고 다시 구도를 바꾸어, 제2고는 조사과 통계 선전영화 『부활에의 길(復活への道)』로서 조선 부업 공진회(朝鮮副業共進會)장 연예관(演藝館)에서 상영했습니다. 출연진은 아사히(朝日)회 동인이었는데, 상당히 노력해주긴 했습니다만 영화배우 경력이 짧은 사람도 있었기 때문에 상영 후 여러 비평을 들었습니다.

저는 아시다시피 작년 말 귀지(貴誌)에 기고한『복수(復讐)』를 시작으로 영화 방면에 손을 대기 시작했습니다. 차기작으로서 오사카 마이니치(大阪每日) 신문 공모에 투고한『석양 가득한 거리(夕陽の滿つる街)』5권은 얼마 전 선배인 제국키네마(帝國キネマ)의 마쓰

---

13) 마쓰모토 데루카(松本輝華, 생몰년 미상). 일제강점기 조선에서 활동한 재조일본인 작가, 저널리스트.『조선공론』『조선신문(朝鮮新聞)』기자. 본명인 마쓰모토 요이치로(松本與一郎) 외에 '마쓰모토 데루카'라는 필명으로 주로 활동했고 그 외에도 '輝萃' 'YM生' 등의 필명도 병용했다.

모토 다이스케(松本泰輔) 씨에게 보냈습니다.

저로서는 만약 이 작품이 비웃음을 당한다 하더라도, 제 가슴 속 깊이 깃든 사상적 표현이 보다 깊이 있는 영화로 만들어질 계기만 되어 준다면 더 이상 바랄 것이 없습니다. 이 영화극에 가차 없이 쏟아질 혹평으로 인하여, 조선의 젊은 영화팬들 사이에서 훨씬 고답적이고 정말 열의와 의의가 있는 영화 각본이 탄생하기를 기원합니다.

= 배역 =

이계준(李桂俊)	늙은 농부	53세
이주옥(李珠玉)	계준의 딸	19세
이봉춘(李鳳春)	주옥의 동생	13세
구보타 데쓰야(久保田哲也)	면사무소 직원	28세
박영희(朴英熙)	젊은 조선인	25세
채덕(彩德)	영희의 어머니	50세
가타노 세이치(片野精一)	군청 산업기사	45세
최성룡(崔成龍)	제사(製絲)공장 회계	30세
그 외	어린이 대여섯 명	
	최성룡의 동료 서너 명	
	전람회 관중	
	마을 농부 몇 명	

= 시대 =
  현대, 가을

= 장소 =
  조선의 시골

제1권 산업조사 편

S# 1 서극(序劇)

【자막】 풍요로운 과실

A (전경)[14] (조리개가 열린다)

조선 함북(咸北) 웅기(雄基)와 가까운, 끝없이 펼쳐진 너른 평야에서 벼가 풍성하게 익어가고 있다. 평야 뒤쪽으로는 띄엄띄엄 조선의 농가. (조리개가 닫히며) 한 채의 농가를 비춘다.

B (이중노출)[15] (조리개가 열린다)

늙은 농부 이계준이 삽을 어깨에 짊어지고 돌아온다. 집 안에서 딸 주옥이 나와 농기구를 받아들고 헛간으로 가져간다. 계준은 피곤한 듯이 기지개를 켠다.

C (반신)[16]

따뜻한 가을 햇볕이 내리쬐는 마루 끝에서 딸 주옥이 준비한 점심을 먹고 있다.

---

14) 전경(全景) : 전체의 장면을 화면 위에 다 나타냄. F.S(Full Scene).
15) 이중노출(二重露出) : 두 화면이 포개어지는 것(심리 묘사나 회상 등에 쓰임). D.E(Double Exposure).
16) 반신(半身) : 상반신의 화면. Bust.

D (전경)

면사무소 직원인 구보타 데쓰야가 논두렁을 걸어온다. 그리고 계준에게 인사한다.

이계준 가볍게 그 인사를 받는다.

E (반신)

구보타　요즘 정말 계속 날씨가 좋네요.

이계준　예, 덕분에 살았습니다.

구보타　이계준 씨, 이제 이 마을도 대강 벼 수확이 끝난 모양이 군요.

이계준　(넓디넓은 평야에 산재한 볏더미를 가리키며 기분 좋게) 올해는 개화기에 딱 맞추어서 비가 내려줘서요. 보십시오, 저렇게 말입니다.

F (전경)

너른 농장에서 농부들이 즐거운 듯이 수확을 서두르고 있다.

S# 2 이계준 집의 마루

A (전경)

이계준과 구보타가 이야기를 나누고 있다. 구보타가 잠시 머리를 숙이며 말한다.

구보타   그런데 이계준 씨, 늘 신세가 많습니다만 올해도 통계
         조사 때문에 나왔습니다만… (라면서 주머니에서 수첩
         을 꺼낸다)

B (반신)
이계준 순간 짜증스러운 듯한 표정이 된다. 그리고 말한다.
【자막】요즘 면사무소에서 이것저것 무슨 조사들을 그렇게 많이 나
       오는지.
       대체 그건 뭐 하는 겁니까?

C
이계준, 불쾌한 얼굴로 내뱉듯이 말한다.
【자막】아니, 요즘처럼 하나하나 세금만 매겨대면 우리들도 감당 못
       합니다.

D (전경)
구보타는 친절하고도 정중하게 반복해서 설명한다.

구보타   아니, 아닙니다 이계준 씨. 절대로 그런 게 아닙니다. 도

로의 개보수나 제도 개선 등으로 점차 면에서 드는 경비
가 늘어나기 때문에 세금도 그만큼 늘어나는 거겠지요.
동시에 총독부에서는 우리 작물이 어떻게 하면 가장 많
이 수확될 수 있을지 늘 연구하기 때문에 이렇게 통계
자료를 만들며 돌아다니는 겁니다.

F (반신)
이계준, 어딘지 미심쩍은 듯 납득하기 어렵다는 표정이다.

S# 3 이계준의 집
　A (전경)
이계준과 구보타 데쓰야가 이야기를 하고 있다. 이 노인은 의심
스러운 듯한 표정이다. 그때 박영희가 지나가다 두 사람에게 인사
한다. 구보타와 이계준, 각각 가볍게 인사를 건넨다.
　B (반신)
구보타, 박에게 말한다.

구보타　　박영희 씨, 작년 군(郡) 통계 강습회에 오셨었지요?

박이 고개를 끄덕인다.

구보타   올해도 조사하러 왔습니다만, 지금 이계준 씨께서 잘 이해를 못하셔서 곤란하던 참입니다.

구보타, 박영희에게 설명해달라고 부탁한다. 박이 이 노인에게 말한다.

【보조 자막】각자 집에서 생산한 농작물의 수확고를 면사무소에서 통계를 내서 도청에 보내면 도청에서 모아다가 총독부로 보냅니다.

【이하 박 청년의 설명 내용】

S# 4 면사무소

　A (전경)

어떤 시골 면사무소의 원경. 산업기사인 가타노 세이치가 자동차에서 내려 면사무소로 들어간다.

　B (전경)

면사무소에서는 직원들이 분주하게 일하고 있다. 가타노 기사가 들어와 구보타 서기의 책상 쪽으로 다가간다.

　C (반신)

가타노 기사가 말한다.

가타노   올해는 충분히 성적이 좋은 것 같은데, 이 마을은 어떤가?

구보타   (자랑스러운 듯한 미소를 띠며) 올해는 9월 첫 예상고보
다도 훨씬 성적이 좋습니다. 보십시오.

D (클로즈업)

구보타가 〈1923년도 ○○면 주요 농작 통계표〉라고 적힌 서류를
건네고 가타노가 받아든다.

E (전경)

가타노, 페이지를 넘겨 본다.

F (별사)[17]

통계표 중에서 1923년도 통계도집 제6쪽. 〈주요 가축 및 가금(家
禽)〉 페이지를 보여준다.

G (전경) (E로 돌아간다)

가타노가 말한다.

가타노   과연. 작년부터 쭉 보니 꽤 성적이 좋아졌군.

구보타   예. 덕분에 면장도 굉장히 기뻐하고 있습니다.

---

17) 별사(別寫). 따로 촬영함.

S# 5 군청

A (전경)

오전. 많은 사람들이 계속해서 출근하고 있다. 그 속에 가타노 기사도 섞여 출근한다.

B (전경) (이동 촬영)

가타노 기사, 자신의 방으로 들어가 업무를 시작한다. 이윽고 통계표 한 부를 완성해서 옆에 둔다. 통계표를 담은 서류 봉투의 겉면을 비춘다.

C (클로즈업) (부감 촬영)[18]

가타노 기사와 〈경성, 조선총독부 관방 서무부 조사과 귀하〉라는 글자를 서서히 비춘다.

D (전경)

가타노 기사 벨을 울린다. 급사가 들어온다. 완성된 〈○○군 주요 농작 통계표〉를 넣은 서류 봉투를 건넨다. 급사가 받아들고 나간다.

E (별사)

총독부 발행 1923년도 통계도집 제5쪽 주요 농작물 통계도

【박 청년의 설명 내용 끝】

---

18) 위에서 내려다보는 숏. 부감 숏(High Angle Shot).

S# 6 이계준의 집 (S# 3의 B로 돌아감)

A (반신)

박 청년, 이 노인에게 설명한다.

【보조 자막】 이렇게 해서 조선의 산업은 매년 계발되어가는 겁니다.

B (반신)

이 노인, 박 청년을 설명을 이해하고 미소 지으며 말한다.

이계준　　그렇습니까. 알겠습니다. (라며 구보타에게 허물없는 태
　　　　　도로 인사한다)

C (반신)

박 청년, 이 노인을 향해 말한다.

박희영　　올해 아버님 댁에서는 쌀을 어느 정도 거두셨습니까?

이계준, 점점 납득이 가는 듯 대답한다.

이계준　　멥쌀은 여섯 가마니나 됐지, 찹쌀은 세 가마니 정도였지
　　　　　만 웅기에 사는 시노다(篠田) 양반 댁에 소작료 대신에

냈구.

D (반신)

구보타 서기의 수첩을 비춘다.

E (클로즈업) (부감 촬영)

구보타 청년이 농무 통계 조사표 쌀 항목의 빈칸에 글자를 써넣는 장면.

S# 7 이계준의 집

A (전경) (이동 촬영)

조사를 마친 구보타 서기, 이 노인에게 인사하고 박 청년과 함께 길로 나와 이야기를 나누며 걸어간다. 갈림길까지 함께 간다.

B (반신)

구보타　　정말 감사합니다. (라고 인사한다)

박 청년, 인사하고는 삽을 짊어지고 밭으로 간다. 구보타는 계속해서 다음 집으로 들어간다.

S# 8 논두렁

A (전경) (이동 촬영)

해질녘 어린이들 서 너 명이 놀고 있다. 그중 골목대장이 심약한 소년 한 명을 때린다. 맞은 소년은 울고 있다.

B (전경)

저 멀리 논두렁에서부터 박영희가 하루 일과를 마치고 말을 끌며 돌아오고 있다. 멀리서 아이들이 싸우는 것을 보고 서둘러 다가온다.

C (반신)

영희, 우는 아이를 상냥하게 달랜다.

박영희   오, 봉춘이가 아니냐. 왜 그래, 울지 마라.

D (반신)

봉춘, 눈물을 흘리며 사정을 호소하고 훌쩍훌쩍 흐느껴 우는 시늉을 한다.

E (전경)

영희, 아이들을 부드럽게 타이른다.

박영희   다들 사이좋게 놀아야지. 싸움 같은 걸 하면 안 돼.

S# 9 이계준의 집 대문 앞

A (전경)

계준의 딸 주옥, 아버지가 돌아오기를 기다리고 있다. 문득 앞쪽을 지그시 바라본다.

B (원사)[19]

영희가 끌고 있는 말 등에 소년이 타고 온다.

C (반신) (이동 촬영)

영희, 봉춘에게

박영희   이제 곧 집이야, 울면 안 돼.

아이를 달래며 돌아온다.

D (반신)

주옥, 동생이 울고 있어 이상하게 여기고 봉춘에게 이유를 묻는다. 봉춘은 흐느껴 울고 있다. 영희, 봉춘을 말 위에서 안아 내리며 말한다.

박영희   걱정 하시지 않아도 돼요. 지금 길에서 난폭한 애들이

---

19) 원사(遠寫) : 먼 거리에서 찍음. 원경(遠景). L.S(Long Shot).

동생을 괴롭히고 있기에 데려온 겁니다.

E (전경)

영희, 주옥과 봉춘에게 작별 인사를 하고 간다.

주옥, 물끄러미 그 뒷모습을 바라본다. (희미하게 사모하는 마음을 담은 표정)

F (원사)

말을 끌고 가는 영희의 모습이 점차 작아져간다.

G (전경)

이 노인, 농기구를 어깨에 메고 돌아온다. 남매의 모습이 이상했는지

이계준   왜 그러냐?

하고 묻는다. 주옥이 설명한다. 이 노인, 혼잣말로 말한다.

이계준   흠, 박 씨는 참 기특한 청년이구나.

S# 10 박영희의 집

A (전경)

영희, 말을 나무에 묶고는 농기구를 집 안으로 들여놓고 다시 나와서 말을 개울로 데려간다.

B (반신)

영희, 말 등을 씻어주며 말한다.

박영희   일하느라 고생했다. 금방 꼴 먹여 줄게.

다 씻기고는 마구간으로 끌고 가 꼴을 먹이며 잠시 지켜보고 있다.

S# 11 박영희의 집 온돌방

A (반신)

박의 어머니는 중풍에 걸려 온돌방에 누워 있다. 말울음 소리에 잠에서 깨어난 노모가 박을 부른다.

B (반신) (이동 촬영) (S# 10의 B에 이어짐)

영희, 문득 어머니가 부르는 것을 깨닫고는

박영희   예!

라고 대답하고 발을 씻고 어머니가 누운 방으로 들어간다.

C (반신)

영희 모   필시 배가 고프겠구나. 빨리 밥 하는 게 좋겠다.

라고 말한다.

D (반신)
영희, 부엌문으로 들어가 불을 피우고 어머니의 약을 달인다.
E (전경)
다 달여진 약을 어머니에게 가져가 권한다.
F (반신)
어머니가 눈물을 보이며 말한다.

영희 모   내가 이렇게 아프지만 않았어도 남자인 너한테 밥 같은
          거 하라고 시키진 않았을 텐데…

영희, 어머니를 만류하며

박영희   빨리 나으셔야죠.

라고 말한다.

S# 12 면사무소 사무실

　A (전경)

　구보타 서기가 일을 하고 있다. 급사가 편지를 한 다발 두고 간다. 일하던 손을 멈추고 편지를 하나하나 읽어나간다. 문득 눈길을 멈춘다.

　B (별사) (이동 촬영)

통계 사상 보급을 위해 오는 10월 15일 경복궁 내에서 통계 전람회가 개최되오니 다수의 면민(面民)께서 관람할 수 있도록 권유해 주시기 바라며 이와 같이 의뢰 드리는 바입니다.

　C (전경)

　구보타, 미소 지으며 동료를 불러 편지를 보여준다.

구보타　　마침 좋은 기회다. 한 번 단체 관람 하는 걸로 하지.

라고 말하고는 심부름꾼을 불러 박 청년의 집으로 "잠시 와 달라"는 전갈을 보낸다.

　D (전경)

　박 청년, 심부름꾼과 함께 사무소로 들어온다.

E (반신)

구보타가 보여준 편지를 도로 접으면서 박이 말한다.

박영희   잘 알겠습니다. 청년회에서도 상담해 보지요.

S# 13 이계준의 집

A (전경)

여행 채비를 마친 박영희, 이계준의 집으로 온다. 밖에서 일하고
있던 딸 주옥이 얼굴을 발갛게 물들인 채 말을 건넨다.

주옥   오셨어요?
박영희   예, 아버님은요?

주옥, 집 쪽을 향해 아버지를 부른다. 여행 채비를 한 이 노인이
나온다. 영희, 인사한다. 아버지가 남매에게 말한다.

이계준   집 잘 보고 있어라.

B (반신)

영희가 주옥에게 말한다.

박영희   시간이 되시면 부디 저희 어머니도 좀 들여다 봐주세요.

주옥, 고개를 끄덕인다. 영희, 작별인사를 하고 길을 떠난다.

C (전경)

주옥, 봉춘과 함께 그들을 배웅한다. 계준과 영희의 모습, 점차 멀어져간다.

S# 14 웅기항(雄基港) 부두

A (전경)

승객들이 잔교[20] 옆으로 대어진 기선으로 줄줄이 오르고 있다.

B (반신)

가타노 기사를 비롯해 구보타 서기, 이 노인, 박 청년, 그 외 관람단원들이 계속해서 승선한다.

C (전경)

기차가 도착한 경성역은 혼잡하다. 통계 전람회 관람단 일행이 역을 나선다.

---

20) 잔교(棧橋). 부두에서 선박에 닿을 수 있도록 해 놓은 다리 모양의 구조물.

S# 15 여관

A (전경)

박 청년, 마루 끝에 앉아 생각에 잠겨 있다.

【환상】

B (전경)

박영희의 집.

C (전경)

병석에 누운 불편한 어머니의 얼굴.

D (전경)

마구간에서 울고 있는 말.

【환상 끝】

E (전경) (A로 돌아감)

박이 일어나 책상 쪽으로 다가서고 그 위에 놓인 편지를 비춘다.

S# 16 박영희의 집

A (전경)

계준의 딸 주옥이 온다.

B (전경)

영희의 모친은 할 일이 없어 심심해하고 있다. 주옥이 들어온다.

영희 모   어머나, 주옥아. 매일 미안하구나. 내가 몸만 괜찮았어
        도…

주옥은 부엌으로 내려가 식사 준비를 하거나 약을 달이거나 한다.

C (반신)

주옥이 달인 약을 노모에게 권한다. 노모, 감사의 눈으로 말한다.

영희 모   정말 미안하구나.

감사하게 받들 듯이 약을 마신다. 주옥이 나간다. 노모가 물끄러미 그 뒷모습을 바라보다 혼잣말 한다.

【자막】 이제 우리 영희도 색시를 얻어야 할 것인데….

D (전경)

주옥, 마구간 앞으로 가서 말에게 꼴을 먹이고 있다. 아침 햇살

이 빛나는 마당에서 닭이 모이를 찾아 다니고 있다.

S# 17 통계 전람회

A (전경) (이동 촬영)

부업품 공진회의 정문을 보여준 뒤 점점 확대하여 정문만을 남겨둔다. 수많은 인파가 들락날락 하고 있다.

B (반신)

가타노 기사 등 관람단 일행들이 온다. 가타노 기사 일행, 입장권을 산다.

C (전경)

일행, 부업 공진회를 본다. 그리고 통계 전람회 앞으로 간다.

D (반신)

가타노 기사가 설명한다.

【자막】 이곳이 제가 말씀드렸던 통계 전람회입니다. 들어가 보지요.

S# 18 통계 전람회장 내

A (전경)

일행, 수많은 관람객 사이로 걸어간다. 한쪽 구석에서 멈춰 선다.

B (반신)

가타노 기사와 구보타 서기, 발길을 멈추고 벽에 붙은 통계표를
바라본다.

C (별사)

총독부 발행 1923년도 통계도집 제1쪽 인구 통계

D (반신) (B로 돌아감)

가타노 기사가 말한다.

가타노   매년 증가하네요.

이와 박, 고개를 끄덕인다.

S# 19 통계 전람회장 내

A (전경)

관람객들 이야기 하며 간다. 관람단 사람들도 뒤따른다.

B (반신)

가타노 기사가 멈춰 선다. 그리고 벽을 가리키며 모두에게 설명
한다.

가타노   1919년의 수확과 올해의 수확이 저만큼 차이 납니다.

C (별사)

주요 농산물의 1919년도와 1923년도의 비교 대조표

D (반신) (B로 돌아감)

가타노가 계속해서 설명한다.

【자막】이계준 씨, 아셨지요? 통계는 절대로 징세를 위한 자료가 아 닙니다. 국가의 융성과 번영을 가져다 줄 기초 조사입니다. 이 조사에 소홀했던 나라는 멸망했답니다.

E (반신)

가타노 기사가 말을 멈춘다. 이와 박, 그 외 사람들이 고개를 끄 덕인다.

관람단 일동 알겠습니다.

─제1권 산업조사 편 끝─

다음 호에는 <풍요로운 가을>의 제2권을 발표하겠습니다.
본 편은 그중 제1권인 산업조사 편입니다.
의의 있는 시도로서 발표했습니다.
다음 호도 기대하여 주십시오.

‖ 농촌 진흥 실과 교육 ‖

『농촌행진곡』

●

원작 조선무대협회 감독

미쓰나가 시초(光永紫潮)

농촌 진흥 실과 교육 『농촌행진곡(農村行進曲)』

작가 미쓰나가 시쵸(光永紫潮)

작가 소개 생몰년 및 출신지 미상. '쓰쿠시 지로(筑紫次郎)'라는 필명도 병용
함. 1925년경 '조선영화예술협회(연구회)'의 회원이었고 1928년 조선의 영
화제작프로덕션인 '도쿠나가 교육영화촬영소(德永敎育映畵撮影所)'의 촬
영감독으로서 각종 선전영화와 교육영화의 제작에 관여했으며 1929년경
에는 '조선무대협회'의 감독을 역임했다. 또한 1932년에는 경기도 경찰부
의 교통선전영화 각본 심사위원으로 참여하는 등 1920년대에서 1930년대
초반에 걸쳐 일제강점기 조선영화계에서 맹활약하던 영화인이었다.

연재매체 및 기간 『문교의 조선』1928년 7월호, 1929년 1월호~2월호

서문

일찍이 농촌 진흥과 더불어 실과 교육을 철저히 보급하기 위해 히라이(平井) 전(前) 학무과장, 다가(多賀) 전(前) 경기도 학무과장, 그 외 실무자들의 교시를 받아 조선에서 가장 이상적인 시설을 세운 것으로 보이는 충북 청주군 미원(米院) 보통학교의 시설을 날실로 삼고, 필자의 희곡적인 흥미를 씨실로 삼아 장래의 조선에 있어 '이상적인 농촌'을 구현화한 시나리오(영화 촬영 대본)이다. 수정 가필해야 할 점이 있다면 지적해주시기 바랄 따름이다.

= 배역 =

보통학교 교장	단바 요시오(丹羽芳雄)
보통학교 교사	최도준(崔道俊)
보통학교 교사	이준원(李俊源)
학교의 늙은 사환	오노 겐조(小野健藏)
도시를 선망하는 소년	예태선(芮泰善)
태선의 친구	김주익(金柱益)
마을 유지	김문화(金文華)
농민	예용의(芮容儀)
불량소년	유문환(劉文煥)
가짜 남작 도련님	정문기(鄭文基)
하숙집 딸	쓰루사키 지에코(鶴崎千枝子)

1. 건설(建設) 편

S# 1 교정의 아침

　(전경) (I.I)

　멀리 학생들이 뛰어 놀고 있다.

　늙은 사환이 교정 구석을 쓸고 있다.

　(사환의 어깨 너머 운동장으로 카메라를 향한다)

S# 2 교정의 아침

　(반신) 사환, 커다란 회중시계를 보고 싱글벙글하며 화면을 가로
　　　지른다.

S# 3 시간을 알리는 종

　(전경) 사환, 종 쪽으로 걸어가 손잡이를 쥐고 흔든다.

　(클로즈업) 계속해서 흔드는 사환의 손, 흔들리는 종.

　(전경) 신나게 놀던 학생들이 정렬해 있다.

　【자막】오늘도 부지런히

S# 4 실습원

(전경) 교장 단바 요시오, 최 선생, 학생 김주익, 예태선 등이 뽕
밭을 일구고 비료를 주고 있다. 김주익, 지루한 듯 땅의
한 곳을 응시하다 파헤쳐 본다.

(반신) 김주익, 완두콩이 싹을 틔운 것을 발견한다.

【자막】선생님!

S# 5 실습원

(전경) 단바와 최 선생, 다른 많은 학생들과 함께 비료를 주느라
여념이 없다.

김주익, 선생님들 쪽으로 조금 다가가 부른다.

【자막】선생님! (이전 자막보다 크게) -용암21)-
선생님! (더욱 크게) -용암-

(반신) 단바 교장, 비료를 뿌리던 손을 멈추고 소리 나는 쪽을
본다.

김주익, 땅의 한 지점을 가리키고, 두 사람은 그가 가리킨
곳으로 몸을 기울이며 화면을 가로지른다.

(클로즈업) 땅 위로 솟아오른 완두의 싹.

---

21) 용암(溶暗) : 화면이 차차 어두워짐. F.O(Fade Out).

(전경) 교장, 주익의 머리를 쓰다듬으며 기쁜 듯이 말한다.

【자막】 여러분, 제군들이 노력한 덕분입니다.
멋진 채소밭을 일굽시다.

S# 6 시간을 알리는 종

(클로즈업) 계속해서 흔드는 사환의 손, 흔들리는 종.

(반신) 교장, 일하던 손을 멈추고 교사(校舍)쪽을 바라본다.
그러더니 모두에게 말한다.

【자막】 수업 시작종이다, 자아 가자!

S# 7 실습원

(전경) 교직원과 학생 몇 명이 농기구를 정리하고 실습원을 바라
보며 교사 쪽으로 간다(등 뒤로부터 이동).

S# 8 강당

(전경) 전교생이 계속해서 입장한다.

(반신) 단바 교장을 비롯하여 교직원들 의자에 앉아 있다.
교장 몸을 일으켜 교단으로 나아간다.

(전경) 교장이 조회 훈화를 한다.

(반신) 단바 교장은 힘주어 연설한다.

【자막】 작년에는 제군들의 노력으로 3백원의 이익이 났습니다.
　　　　올해는 토지를 매입하여 과수원과 뽕밭을 일구고 양계장을
　　　　신축하여 닭을 기르기 시작하려고 합니다.

S# 9 실습원

(전경) 이 선생이 담임을 맡은 5학년은 실습원에서 양배추의 겉
　　　　심기를 하고 있다.

　　　　학생 예태선, 선생 쪽을 훔쳐보며 삽을 지팡이 삼아 기댄
　　　　채 생각에 잠겨 있다.

(반신) 태선, 맑게 갠 하늘을 올려다보며 공상에 빠진다.

(이중노출) 그 위에 태선의 환상이 겹쳐진다.

(전경) 조선은행 앞의 혼잡한 도로.

(반신) 본정 거리의 인파에 떠밀려 다니는 예태선.

(원사) 붐비는 영화 상설관, 술집.

(이중노출) 위의 환상이 사라지고 문득 제정신으로 돌아와 깊은
　　　　한숨을 내쉰다.

(클로즈업) 태선의 등 뒤에서 하얀 손이 부드럽게 어깨를 두드
　　　　린다.

【자막】 예 군! 무슨 생각 해.

S# 10[22) **실습원**

(반신) 친구인 김주익이 상냥하게 묻는다.

예는 의욕 없이 불퉁하게 말한다.

【자막】계속 이렇게 흙만 만지고 산대도 언제 성공할 지 알 수 없잖
아? 아, 난 경성에 가고 싶다.

S# 11 **실습원**

(전경) 이 선생, 밭을 갈던 가래를 멈추고 예와 김이 대화하는 모
습을 본다.

선생, 조용히 두 사람 쪽으로 걸어간다.

(반신) 이 선생이 두 사람을 훈계하면서 말한다.

【자막】경성에서는 수많은 실업자들이 고통 받고 있지요.
학생들에게는 농촌에서 새로운 문화를 건설할 중대한 책임
이 있지 않습니까?

(전경) 김주익은 고개를 끄덕이고, 예태선은 고개를 숙인다.

학생들은 바삐 작업을 계속하고 있다.

---

22) 원본에는 '장면 11'로 잘못 표기되어 있어 이후 번호의 오기를 바로잡는다.

S# 12 김문화의 자택 온돌방

　(전경) 마을의 유지 대여섯 명이 모여앉아 술잔을 기울이고 있다.

　(반신) 김문화, 흥분하며 말한다.

　【자막】 김문화
　　　　예전에 양반이었던 그의 아버지가 감찰사를 지냈던 관계로
　　　　이 면(面)에서 위세를 부리고 있다.

　(반신) 김문화가 말한다.

　【자막】 철없는 아이들에게 농사일을 흉내 내게 하다니 당치도 않소!
　　　　한 번 교장하고 엄하게 담판을 지어야 하지 않겠나.

　(전경) 다른 너덧 명이 손을 들고 몸을 흔들며 찬성한다.

　【자막】 그 다음날-

S# 13 학교

　(전경) 김문화, 예용의 등 마을의 유지 십여 명이 제각기 학교 시
　　　　설의 부당함에 격분하여 떠들며 교문으로 들어선다.

　(순간) 교장실 (문 위의 간판)

　(반신) 김문화 외 유지 세 명, 사환의 저지를 받으면서도 문을 열
　　　　어젖힌다.

그 보통이 아닌 기세에 교장이 펜을 멈추고 문 쪽을 바라
본다.

(반신) 김문화 외 유지, 교장과 대담한다.

(교장의 등 뒤로부터 김문화를 비춤)

【자막】 무엇 때문에 당신은 농사일 같은 천민의 업을 가르치는 겁니
까. 우리들은 아이가 농사꾼이 되라고 학교에 보내는 게 아
닙니다.

(반신) 김문화, 주먹다짐이라도 할 듯 한 기세를 보인다.

다른 이들도 각자 말한다.

교장, 유연하게 서두르지 않고 자신 있게 말한다.

(김문화의 등 뒤로부터 교장을 비춤)

【자막】 노동 기피는 죄악입니다. 지금 조선의 급무는 생활의 안정
입니다. 농촌 문화의 계발입니다. 한 번 실습원을 둘러보시
지요.

S# 14 학교

(전경) 이 선생과 최 선생의 지도로 못자리 옮기기와 뽕밭에 비
료 주기를 하고 있다.

(반신) 김주익을 비롯한 학생 몇 명이 즐겁게 작업하고 있다.

김문화와 마을 유지단이 불쾌한 얼굴로 온다.

72

한 학생에게 묻는다.

【자막】 너희들은 그런 농사꾼이나 하는 일들이 재미있나.

S# 15 실습원

(반신) 작업하던 한 학생이 기운차게 대답한다.

【자막】 그렇지만 제가 뿌린 씨가 가을이 되어 결실을 맺을 때에는 기뻐요.

(반신) 김문화 일행, 불쾌한 듯이 나간다.

S# 16 예용의의 자택

(전경) 예용의, 삽을 어깨에 짊어지고 밭에서 돌아온다.
    태선, 책가방을 메고 돌아온다.
    우편배달부가 들어온다.
(반신) 우편배달부가 예의 집 대문간에 선다.

【자막】 우편 (용암)
    우편 (용암)

(반신) 화면의 일부에 엽서와 잡지를 든 배달부의 손이 나오고, 예태선이 얼굴을 내민다.

태선의 눈은 엽서에 빨려들어갈 듯이 움직이지 않는다.

S# 17 엽서

(겉면) 창경원의 야경

(뒷면)

충북 청주군 미원(米院)면
예태선 귀하

꽃의 경성에서 유문환

(클로즈업) 엽서를 점점 아래로 움직이는 손.

서울의 봄은 바야흐로 안개 같은 벚꽃 아래,
늙은이도 젊은이도 모두 술병을 차고
그야말로 환락의 일대 불야성을 이루고 있습니다.

(반신) 태선, 엽서에서 눈을 떼고 공상하며 미소 짓다
순식간에 현실로 돌아와 생각에 잠긴다.

S# 18 온돌방

(전경) 예의 처, 식기를 정리하고 밥상을 내간다.

　　　　태선은 아버지 앞으로 간다.

(반신) 태선, 아버지 앞에 무릎을 꿇고 앉아 말한다.

【자막】아버지, 고학을 해서라도 꼭 성공할 테니, 저를 경성으로 보
　　　내주세요.

(반신) 태선이 간청한다. 아버지 용의의 얼굴이 흐려진다.

(반신) 어머니는 부엌에서 이를 듣고 걱정한다.

【자막】며칠이 흐르고-

S# 19 실습원

(반신) 이 선생, 태선과 이야기하고 있다.

【자막】이런 농사꾼 같은 짓을 하는 게 인간의 행복입니까, 선생님.

(반신) 이 선생은 타이르듯이 말한다.

【자막】학생은 도시의 겉만 알고 이면은 모르는 겁니다.
　　　나는 그걸 뻔히 알면서도 학생이 도시의 감옥으로 들어가는
　　　것을 두고만 볼 수는 없습니다.

(반신) 이 선생, 간곡하게 태선을 훈계한다.

【자막】 태선, 도시의 유혹을 이기지 못하여 자애로운 부모님과 정든
고향을 버리고.

S# 20 예용의의 자택

(전경) 용의 부부와 태선, 자고 있다. 태선, 잠자리에서 뒤척인다.
태선이 살그머니 일어나 부모님의 잠든 모습을 확인하고,
바구니를 들고 발소리를 죽여 나간다.

S# 21 정류장 한 구석

(반신) 태선, 3등 대합실 한 구석에 앉아 있다.

S# 22 열차

(전경) 열차가 들어온다.
타고 있던 승객들이 내리고, 태선이 다른 승객들과 함께
열차에 오른다.

(반신) 태선, 3등차에 앉아서 꾸벅꾸벅 존다.

【자막】 이렇게 2년 동안 교장의 조용한 실천은 착착 진행되어
점점 이 마을 사람들도 그를 이해하게 되는데…

S# 23

　(별사) (반신 정도로) 본부의 실과교육방침 인쇄물.

　(전경) 밭으로 나가 일하는 농부들.

S# 24 교장실

　(반신) 김문화, 예용의 등이 교장과 대담하고 있다.
　　　　　김이 말한다.

　【자막】 우리들이 잘못 생각했던 것 같습니다…
　　　　　4,5학년 여학생들에게도 실습원을 배정해주시오.

　(전경) 송기덕 선생이 4,5학년 여학생들을 지도하여 화원(花園)의
　　　　　손질을 하고 있다.

　(반신) 송 선생이 꽃 한 송이를 잘라 학생에게 보이면서 말한다.

　【자막】 이게 아까 설명한 수술(雄蕊)[23]입니다.

S# 25 화원

　(클로즈업) 선생의 손, 꽃의 수술을 가리킨다.

　(전경) 송 선생, 학생 쪽을 바라보고 학생들은 고개를 끄덕인다.

---

23) 수꽃술.

【자막】이게 암술(雌蕊)24)입니다.

나비나 꿀벌이 옮겨서 열매를 맺는다는 건 여러분 이미 알고 있지요?

(클로즈업) 선생의 손, 꽃의 암술을 가리킨다.

(전경) 학생들, 실습지에서 수업을 받고 있다.

【자막】실습원은 교직원과 학생들의 빈틈없는 협력으로 매년 확장 되어갔다.

S# 26 실습원

(전경) 채소밭

(클로즈업) 채소밭

(전경) 뽕밭

(클로즈업) 뽕밭

(전경) 양계장

(클로즈업) 양계장

(전경) 외양간

(클로즈업) 외양간

(전경) 제승기25) 작업

---

24) 암꽃술.

25) 새끼줄을 꼬는 기계.

(클로즈업) 제승기

(전경) 교수요목

(클로즈업) 교수요목

(전경) 실습 달력

(클로즈업) 실습 달력

(전경) 완비된 농기구

(클로즈업) 완비된 농기구

(전경) 농산품 품평회

(클로즈업) 농산품 품평회

촬영시 주의사항

- 이상의 모든 전경에는 적절히 학생의 작업하는 장면을 집어 넣을 것.
- 클로즈업은 한 번에 그게 무엇인지 알아볼 수 있는 구도를 택할 것.

【자막】 서당 개 삼 년이면 풍월을 읊는다.

마을 사람들 또한 새로운 흥미를 느끼게 되고-

S# 27 주막

(전경) 길가의 어떤 주막. 취객 두어 명이 비틀비틀 나온다.

농민 두 명이 삽을 어깨에 짊어진 채 안으로 들어간다.

(용암)

(클로즈업) (용명)[26] 농민, 삽을 던져버리고 술을 마시다 점점 우스꽝스러운 행동을 한다.

S# 28 농경지

(전경) 잘 정돈된 농경지에서 열심히 일하고 있는 농민들.

S# 29 열차 안

(클로즈업) 많은 승객들 사이에 태선이 있다.

(클로즈업) 동경의 눈을 빛내는 태선.

(원사) 한강 철교를 건너 폭주하듯 달리는 열차 (철교의 한 구석으로부터)

S# 30 경성역

(전경) 열차가 구내로 들어온다. 승객들이 속속 내린다.

【자막】 경성! 경성! 경성!

(점차 크게 겹친다) (용명-용암)

---

26) 용명(溶明) : 화면이 차차 밝아짐. F.I(Fade In).

(반신) 예태선, 약간의 짐을 들고 열차에서 내린다.

(반신) 수많은 여객 속에 섞여 출구를 나서는 태선.

S# 31 경성역 앞

(전경) 전차가 활기차게 오가고, 자동차와 인력거가 정신없이 오간다.

(전경) 가로등이 빛나는 야경으로 바뀐다. (여섯시 반)

(클로즈업) 짐 보따리를 소중하게 끌어안고 멍하니 바라보고 있는 태선, 한쪽을 바라본다.

(전경) 태선과는 상관없이 오고 가는 여객의 뒷모습.

【자막】 유문환 씨는 왜 안 오는 걸까.

S# 32 경성역

(클로즈업) 매우 곤혹스러운 표정의 태선, 곧 얼굴을 들어 거리를 바라본다.

(반신) 태선 실망한다. 인력거꾼이 다가와 인력거에 타라고 권한다.

인력거에 탄 태선, 화면 한쪽으로 카메라 앞을 가로지른다.

S# 33 하숙집

(전경) 태선, 한 집 한 집 문패를 확인하며 터벅터벅 걸어온다.

(반신) 어떤 집의 문패를 들여다본다. 그 집 앞에 서서 사람을 부른다. 가정부가 나온다.

【자막】 유문환이라는 대학생 있습니까?

(반신) 가정부, 누군지 생각해보는 듯 하다가 문득 알아차린 듯 웃음을 참으며 말한다.

【자막】 대학생 유씨…호호호호, 그 분은 석 달쯤 전에 다른 곳으로 이사 갔어요. 글쎄 어딘지는 몰라요.

(전경) 태선, 시무룩하게 그 집을 나와 카메라 앞을 가로지른다.

S# 34 예용의의 자택

(전경) 예용의, 닭에게 모이를 주고 있다.

【환상】 트릭27)

모이를 쪼아 먹던 닭이 점차 태선의 얼굴로 바뀐다.

(반신) 용의 부부, 태선의 이야기를 하며 걱정한다.

---

27) 트릭(trick) 촬영.

S# 35 경성 시가

　(전경) 태선, 힘없이 걸어온다.

　　　　 유문환, 길가에서 구두를 고치고 있다.

　(반신) 유문환, 구두 고치던 손을 멈추고 문득 지나가는 사람을
　　　　 쳐다본다. 태선을 발견하고는 급히 짐을 싼다.

　(전신) 태선, 시무룩하게 걸어간다. 유문환이 보였다 안 보였다
　　　　 하며 따라간다.

　　　　 태선, A 하숙집으로 들어간다.

　　　　 유, 태선이 들어가는 것을 확인하고는 돌아선다.

　【자막】대학생 유씨, 그는 불량소년이었다.

S# 36 B 하숙집

　(전경) 구두 고치는 용구들, 읽지도 않은 책들이 잡다하게 흐트
　　　　 러져 있다.

　　　　 불량소년 셋이서 이야기를 하고 있다.

　　　　 유가 그 곳으로 들어선다.

　(반신) 유, 회심의 미소를 띠며 말한다.

　【자막】어이 류 공(公)!
　　　　 시골뜨기 하나가 걸려들었어. 늘 하던대로 남작으로 변신
　　　　 해라.

83

(반신) 류 공이라 불린 청년, 분장을 시작한다.

유문환은 대학생 제복을 입는다.

S# 37 A 하숙집

(전경) 가짜 대학생 유문환과 윤 남작(불량소년 류 공).

하숙집에 온 유, 위층을 향해 큰 소리로 외쳐 부른다.

(반신) 태선, 어찌할 바를 몰라 이리저리 고민하고 있다.

문득 아래에서 들려오는 목소리에 장지문을 열어젖힌다.

(전경) 세 사람, 눈이 마주친다.

태선은 유와 류 공을 자신의 방으로 들인다.

S# 38 태선의 방 안

(반신) 유는 류 공을 가리키며 자꾸만 태선에게 설명한다.

【자막】 남작님께서는 우리 학생들의 유일한 후원자야.

우리 학생들을 위해 학비를 너무 자주 내주셔서 아버님의 꾸중을 듣고 계시지.

(반신) 두 사람의 대화에 초연한 듯 담배를 피우고 있는 윤 남작.

(전경) 유는 감언이설로 태선을 꼬드긴다.

【자막】 네가 지금 고등보통학교에 들어갈 심산이라면
　　　　남작님께 부탁드리는 게 좋아.

(반신) 태선, 유에게 "고맙다."고 인사하고
　　　　윤 남작을 향해 "남작님, 부디 잘 부탁드립니다."라고 말
　　　　을 맺은 뒤 유가 태선에게 속삭인다.

【자막】 50원이면 돼, 다음에 교과서와 참고서를 살 거니까.

(반신) 태선은 아직 망설이고 있다. 꽤 망설인 끝에 말한다.

【자막】 그럼, 30원만 받으시면 안 될까요.
　　　　저도 아직 돈이 필요해서요.

(반신) 태선, 앞섶을 풀어낸다.
(클로즈업) 유와 남작의 두 쌍의 눈동자, 앞섶을 응시한다.
(반신) 태선, 유에게 30원을 건넨다. 유가 정중하게 감사를 표하
　　　　며 말한다.

【자막】 그럼, 다음 달까지 빌릴게. 필요할 때는 언제든 돌려주지.

(전경) 유와 남작, 함께 A 하숙집을 나온다.
(반신) "잘 됐다." 하고 서로 바라보며 미소 짓는다.
(전경) 유와 남작, 멀어져간다.

S# 39 카페

(반신) 카페의 외부에서 문을 밀고 들어오는 유, 남작.

(여급28)이 고개 숙여 인사하는 어깨 너머로) 의기양양한
두 사람.

(클로즈업) 아름다운 여급이 인사를 건넨다.

【자막】 어머나, 도련님 잘 오셨어요.

(반신) 유와 남작, 미인 여급을 앉혀두고 호화롭게 논다.

【자막】 월말의 결제일이 되었다. 태선의 수중에는 이미 돈이 한 푼
도 없었다.

S# 40 A 하숙집

(반신) 태선, 계산서를 바라보며 난처해하고 있다.

계산서

하숙비	18원
5일 손님 2인분	1원 20전
15일 손님 스키야키	2원 50전
세탁비 선대금29)	1원 50전

---

28) 여급(女給). 카페나 다방, 음식점 따위에서 손님의 시중을 드는 여자.

합계   23원 20전

○월 ○일 청운관(靑雲館)

예태선 님

(전경) 하숙집 딸 지에코(千枝子)가 들어온다. 태선, 계산서를 감
춘다.

지에코가 깊이 동정하며 말한다.

【자막】 태선 씨, 당신은 유씨를 신용하세요?
그 사람 대학생 아니예요. 나쁜 사람이라구요. 이걸 보세요.

S# 41 A 하숙집

(전경) 지에코, 한글 신문을 건네준다. 태선, 이를 받아들고 읽
는다.

(별사) 신문 기사.

가짜 남작 절도단 검거되다

최근 가짜 학생의 범죄가 빈번히 발생하고 있어 관할 본정 경찰
서에서는 선량한 학생의 보호를 겸해 소행 조사 중인 바 명치정(明
治町)30) 스즈란(鈴蘭) 카페에서 사치스럽게 놀던 거동이 의심스러

---

29) 나중에 치르기로 한 돈의 일부나 전부를 치르기로 한 기일 이전에 꾸어 줌.
30) 현 서울시 중구 명동의 일제강점기 명칭.

운 대학생 청년 2명이 계산할 때에 이르자 여급의 접대가 불손하
다며 폭행하기 시작하여 파출소에 인계되어 취조한 결과 상기의
자들은 병목정(並木町)31) 35번지 한성관(漢城館)에 머물고 있는 자
칭 대학생 유문환(24) 및 윤 남작을 사칭한 정문기(25)로서 양인은
늘 학생으로 가장하여 지방에서 상경해온 취학 지원자들에게 접근
하여 입학의 편의를 봐준다고 속여 거액의 금전을 갈취하여 양가
의 자녀를 속여 꾀어낸 죄로 현재 기즈카(木塚) 사법 주임의 담당
으로 엄중 취조중이다. 지방에서 상경하는 학생의 주의를 요한다.

(반신) 태선, 경악하며 놀란다.

(클로즈업) 지에코, 가만히 태선을 바라본다.

(반신) 태선, 이제야 꿈에서 깨어나 어쩔 줄을 몰라 한다.

―제 1 편 끝―

---

31) 현 서울시 중구 쌍림동(雙林洞)의 일제강점기 명칭.

2. 흐린 그림자 편

S# 42 예용의의 자택

(전경) 볕이 잘 드는 마루 끝에서 태선의 어머니가 누에를 치고
　　　있다. 누에에게 뽕잎을 먹이다보니, 자연스레 졸음이 찾
　　　아든다.

(클로즈업) 누에에게 먹이를 주는 손, 서서히 동작이 둔해진다.

(반신) 어머니는 자연스럽게 졸기 시작한다.

【환상】

(반신) 태선의 어머니, 아기를 안고 자장가를 부른다.

(이중노출) 자장가의 악보.

(반신) 어머니, 아기를 안고 여전히 자장가를 부른다. (용암)

S# 43 경성 시가

(전경) 대경성의 번화한 거리를 태선이 기쁜 듯이 활보하고 있다.

(이중노출) 어머니의 얼굴, 자연스레 미소 짓는다. 여전히 잠들어
　　　　있다. (용암)

(반신) 태선, 여러 악한에게 둘러싸여 두들겨 맞고 있다.

(클로즈업) 어머니가 깜짝 놀라 잠에서 깨어난다. 수심에 잠겨 아들을 걱정하는 어머니.

S# 44 예용의의 자택

(클로즈업) 어머니는 여전히 누에를 치고 있다.

태선의 친구 주익이 찾아온다.

【자막】 태선 군에게서 뭔가 소식이 있었습니까?

(전경) 어머니 "고맙구나!"라고 대답하고는 소식이 없어 걱정이 라고 말한다.

【자막】 저희들도 걱정하고 있습니다.

부디 훌륭한 사람이 되어준다면 좋겠지만…

(전경) 어머니와 김주익이 이야기하고 있는 곳에 예용의가 삽을 어깨에 짊어지고 밭에서 돌아온다. 어머니는 두 사람에게 엽차를 따라 권한다.

(반신) 김이 말한다.

【자막】 아저씨, 드디어 내일은 학교 기념 식수(植樹)날이에요.

이 오동나무 묘목을 심어주세요.

(반신) 예용의, 미소를 지으며 받아든다. 주익, 인사하고 돌아
　　　간다.

S# 45 경성 시가

(반신) 경성 우체국 앞을 비틀비틀 지나가던 태선이, 커다란 시
　　　계를 올려다본다.

(클로즈업) 커다란 시계가 오후 아홉 시를 가리키고 있다.

S# 46 노점 앞

(반신) 맛있어 보이는 풀빵, 냄비국수 등이 손님을 끌고 있다. 배
　　　가 고프다.

【자막】 아, 가락국수 먹고 싶다.
　　　　아침부터 아직 아무 것도 먹지를 못 했네…

(클로즈업) 태선의 품속에는 이미 동전만 남아 있다.

【자막】 이제 용돈도 바닥났구나. 곤란하네, 할 수 없지.
　　　　오늘밤도 공원에서 잘까.

(반신) 태선의 한심한 얼굴.

S# 47 한양공원

(반신) 너무나 지쳐버린 태선, 벤치에 기대어 꾸벅꾸벅 졸고
있다.

【환상】

(반원사)32) 소매치기 A가 쫓기다가 갑자기 태선의 품에 주머니
를 집어넣고 달아난다.

그 뒤를 순사와 군중이 쫓아간다.

(클로즈업) 자고 있던 참에 갑자기 품에 무언가 찔러 넣어져, 놀
라서 잠에서 깬다.

그리고 두려워하며 품속을 열어본다.

(클로즈업) 10원 지폐, 5원 지폐가 한 가득.

(클로즈업) 태선이 빙그레 웃는다.

눈과 코 사이에 권총이 들이밀어진다.

(반신) 소매치기 동료인 B가 권총을 들이대며 말한다.

【자막】 이 녀석! 애송이 주제에 건방지구나!
그 돈을 얌전히 내놓아!

(반신) 소매치기 B, 태선의 품에서 돈이 든 주머니를 꺼낸다.
그리고 비웃으며 말한다.

---

32) 半遠寫.

【자막】 이봐 애송이. 좋은 것을 가르쳐 주마. 날 따라와 봐.

S# 48 공원

　(전경) 벚꽃이 핀 공원에는 아름다운 등롱이 켜져 있고
　　　　　 청춘 남녀가 거닐고 있다.

　(반신) 소매치기 B와 태선. 그 사이를 지나간다.

　　　　　 B는 갑자기 젊은 부인의 품속을

　(클로즈업) 더듬고 달아난다.

　　　　　 그를 뒤쫓는 젊은 부인, 경관, 구경꾼들.

　(클로즈업) 미처 달아나지 못한 태선, 경관에게 붙잡힌다.

　【환상】 끝.

　(반신) 태선, 잠에서 깨어나 어지러워한다.

　【자막】 무, 무서운 꿈이었다…

S# 49 태선, 잠에서 깨어나 땀을 닦는다.

S# 50 A 하숙집

　(클로즈업) 태선, 걱정에 빠져 있다.

지에코가 들어온다. 가만히 그를 본다.

(반신) 지에코와 태선.

태선은 사정을 털어놓는다.

【자막】 이제 이렇게만 있을 수는 없어요.
이제부터는 직업소개소에 가보려고 합니다.

S# 51 직업소개소

(전경) 구직자의 무리, 계속해서 들어온다.

(전경) 책상 앞으로 밀려들어오는 구직자.

사무원이 말한다. 등 뒤로부터.

【자막】 철공소 직공… 일당 50전…

(전경) 힘이 세고, 근육노동을 할 수 있는 두 세 명이 손을 든다.

사무원 앞에 선다.

(클로즈업) 태선은 멍하니 그 모습을 바라본다.

(전경) 접수처에서 태선을 부른다.

S# 52 사무실 책상 앞

(반신) 태선, 장황하게 희망 사항을 늘어놓는다.

사무원이 고개를 끄덕이고는 말한다.

【자막】 구직 희망자는 일자리의 세 배 이상 있습니다.
　　　　오히려 이럴 때는 고향으로 돌아가는 게 낫지 않을까요?

(반신) 사무원이 차분하게 설득한다. 태선은 맥없이 눈물을 흘린다.

S# 53 거리

(전경) 자동차가 끊임없이 움직인다. 발걸음 가볍게 오가는 사람들.

무거운 발걸음으로 태선이 돌아간다. 지나가던 사람에게 부딪친다.

【자막】 에잇, 눈이 멀었냐? 조심해서 걸어!

(반신) 태선이 사과한다. 직공 풍의 남자가 그를 살피듯이 쳐다본다.

(전경) 두 사람은 각자 갈 길을 간다.

S# 54 지에코와 태선

(전경) 태선, 생각에 빠져 괴로운 표정으로 방에 들어온다.

지에코, 청소를 하고 있다. 들어온 태선을 올려다본다.

(반신) 지에코는 태선에게 "어땠어요?"라고 묻는다.

태선이 대답한다.

【자막】 오늘도 허탕이었어요…

(반신) 태선, 눈물이 글썽해서 고개를 숙인다.

지에코, 가만히 그 모습을 바라본다. 그리고 동정하며 말한다.

【자막】 고향에 계신 어머님께서 얼마나 걱정하고 계시겠어요…

(반신) 지에코, 열심히 귀향을 권한다. 태선은 고민에 빠져 있다.

(전신) 지에코, 청소를 마치고 나간다. 태선은 지쳐서 책상에 늘어진 채 생각에 잠긴다.

【자막】 도시…도시…도시…

동경하던 도시에 오고서 처음으로 태선은 이 선생의 말을 떠올렸다.

"나는 그걸 뻔히 알면서도 학생이 도시의 감옥으로 들어가는 것을 두고만 볼 수는 없습니다."

(반신) 태선은 꿈에서 깨어나 귀향을 결심한다.

【자막】 마을 사람들의 한결같은 노력,

보통학교 졸업생의 노력은 결실을 맺었다.

S# 55 실습원

　(전경) 최 선생, 이 선생이 보통학교 졸업생 열 너덧 명과 함께
　　　　모를 심고 있다.

　(원사) 모를 심고 있는 모습.

　(전경) 못줄33)을 고쳐 매는 최 선생, 모를 심는 졸업생.

　(7분신) 최 선생, 모를 심으며 말한다.

　【자막】 내일 4시부터 부인회에서 여러분이 키운 야채 시식회를 엽
　　　　니다.

　(클로즈업) 학생들이 고개를 끄덕이며 속삭인다.

　(클로즈업) 그리고 쾌활하게 서로 미소를 나눈다.

S# 56 교장의 자택

　(전경) 단바 교장과 부인을 중심으로 조선부인회 몇 명이 누에를
　　　　치고 있다.

　　　　누에에게 뽕잎을 먹인다.

　(클로즈업) 뽕잎을 먹이는 손.

---

33) 모를 심을 때 줄을 맞추기 위하여 쓰는, 일정한 간격마다 표시를 한 줄.

S# 57 교장 자택의 주방

(전경) 보통학교의 여자 졸업생들이 고구마와 닭고기 등으로 요리를 하고 있다.

교장 부인, 여선생 등이 그 사이를 돌아다니며 지도한다.

(클로즈업) 큰 접시에 담긴 닭고기 조림.

(클로즈업) 원탁을 가득 메운 진수성찬.

S# 58 실습원

(전경) 보통학교 졸업생들, 모내기 도구를 씻고 있다.

여학생 A가 지나간다. 졸업생 한 사람이 "양계장에."라고 알려준다.

(반신) 최 선생, 닭장을 수리하고 있다.

그곳으로 여학생이 다가가서 말한다.

【자막】선생님…준비가 끝났어요. 어서 오세요.

(반신) 최 선생과 교장, 얼굴을 마주보며 미소 짓는다.

(반신) 교장, 하던 일을 멈추고 도구를 정리하기 시작한다.

학생들도 그를 따른다.

S# 59 임시 식당

남녀 졸업생들, 책상 두 개를 하나로 붙여 여자들이 날라 오는 진수성찬을 받아든다.

(클로즈업) 교장, 교직원, 졸업생들 식사를 한다.

(클로즈업) 김문화, 볼이 미어져라 음식을 먹으면서 말한다.

【자막】맛있네!

(클로즈업) 또 다른 사람이 웃는 얼굴로, 그 또한 볼이 미어져라
　　　　　음식을 먹으며 끄덕인다.

【자막】음, 맛…있…군!

(전경) 여학생들이 음식을 날라 온다.

【자막】저녁 식사가 끝나고.

(전경) 식사를 마치고 모두 차를 마시고 있다.
　　　　교장이 일어나서 강연한다.

(클로즈업) 교장이 일어나 말한다.

【자막】여러분은 이제부터 사회의 제일선에 나서서 일할 사람들입
　　　　니다. 이상적인 농촌의 건설은 여러분의 어깨에 달려 있는
　　　　것입니다.

(전경) 교장, 이야기를 계속 이어간다.

S# 60 밤길

(전경) 김문화를 비롯하여 많은 졸업생이 돌아온다.

(반신) 도시의 꿈에서 깨어난 예태선이, 바구니 하나를 들고 남
들 눈을 피해가며 빠른 걸음으로 지나가려고 한다.

(반신) 김문화가 재빨리 그를 발견한다.

그리고 성큼성큼 뒤로 돌아가 그를 따라간다.

(클로즈업) 예태선은 다른 곳을 보고 있다.

【자막】 너 예 군이 아니냐. 나 김문화다.

(반신) 김문화, 예태선을 위로한다.

【자막】 예 군이냐…역시 예 군이었구나.
얼마나 고생이 많았느냐. 친구가 돌아왔구나.

(반신) 태선, 감격과 감사의 마음으로 가득 차 약하게 몸을 떤다.

【자막】 예 군…나는 네가 반드시 돌아와 줄 거라고 생각했다.
선생님의 말씀을 이해하게 됐다면 그걸로 된 거란다.
다시 태어난 기분으로 일하자꾸나.

S# 61 예용의의 자택

(전경) 달빛이 아련하게 비치는 언덕 위에 자리 한 예의 집.

모두 잠들어 적막하고 조용하다.

태선은 생각에 잠긴 채 산기슭의 큰 나무 그늘에 얼굴을
가리듯 숨어서 그리운 마음으로 집을 바라본다.

(클로즈업) 태선, 홀연히 집으로 향한다.

(원사전경) 예의 집의 원사. 부옇게 보인다.

(반신) 태선, 집 현관 앞에 선다.

S# 62 예용의 자택의 내부

(전경) 예용의는 토방에서 가마니를 짜고 있다.

예의 처는 호롱불 아래 바느질을 하고 있다.

(반신) 예의 처, 바늘을 움직이며 용의에게 말한다.

【자막】여보, 태선이는 어떻게 지낼까요…
요즘 꿈에 자주 나와서…

(반신) 예가 가마니를 엮으며 말한다.

【자막】젊을 때는 누구나 꿀 법 한 꿈이지…
아무 걱정할 거 없어. 곤란하면 연락을 주겠지…

S# 63 예용의 자택의 뒤편

현관 장지문에 태선이 선 그림자. (용암)

(반신) 예의 처, 바늘을 움직이며 가만히 밖을 바라본다.

　　　　그리고 일어나 그림자에 이끌려 들어가듯 문으로 다가
　　　　선다.

【자막】 아니…태선이냐??

(반신) 태선, 인기척에 급히 몸을 헛간 그늘로 숨긴다.

(반신) 예의 처가 살피듯 어둠 속을 바라본다.

【자막】 어머니…어머니

(반신) 예의 처, 소리가 나는 쪽으로 두 세 걸음 다가간다.

(반신) 태선, 그늘에서 두 세 걸음 나선다.

(전경) 다가가는 두 사람.

S# 64 예용의의 자택

(반신) 태선, 달려가 어머니에게 매달린다.

【자막】 너…너 태…태선이냐!

(반신) 어머니는 반갑게 태선을 끌어당긴다.

(전경) 가마니를 짜고 있던 아버지는 하던 일을 멈추고 문간으로 나온다.

어머니에게 이끌려 온 태선.

(반신) 태선, 아버지에게 매달린다.

【자막】 오오…돌아온 게냐…돌아왔느냐.

(전경) 부자, 얼싸안고 집안으로 들어간다.

【자막】 거향일치(擧鄕一致),[34] 근면노력, 근검절약의 바람은 마을 사람들의 습성이 되고…

S# 65 청년회 공동 경작소

(전경) 청년 예닐곱 명, 부지런히 쉬지 않고 감자를 심고 있다.

(반신) 늙은 농부가 와서 청년 한 명에게 말한다.

【자막】 비료 좀 나눠 주시오…
　　　　내일 거름을 줘야 해서…

(반신) 청년은 "공동 경작이 끝나면 곧 가져다 드리겠습니다."라고 말한다.

늙은 농부, 인사하고 간다.

---

34) 온 마을이 뭉쳐서 하나가 됨.

S# 66 청년회 사무소

(클로즈업) 커다란 나무 간판 삼분의 일 정도부터 찍는다.

(클로즈업) 면(面) 청년회 사무소.

(전경) 내부.

소박한 책상 몇 개, 바닥에서는 청년들이 제승기로 가마
니를 짜고 있다.

공동 경작을 하러 갔던 대 여섯 명이 돌아온다.

그중 한 명이 사무실 책상 앞으로 가서 말한다. (용암)

【자막】 박필용 씨 댁으로 비료 세 포대를 배달해주시오.

(전경) 바닥에서 제승기를 움직이고 있던 청년,

가볍게 일어나 비료를 가져온다.

청년, 밖으로 사라진다.

S# 67

(전경) 조선의 젊은 부인 몇 명,

어떤 사람은 뽕잎을 먹이고, 어떤 사람은 누에고치를 따
고 있다.

(반신) 이를 견학하고 있던 마을의 어머니들이 감탄한다.

― 제 2 편 끝 ―

3. 여명(黎明) 편

S# 68

(전경) 채소밭…순간 일부 클로즈업

(전경) 뽕밭…위와 동일

(전경) 논…위와 동일

(전경) 전원을 생기발랄하게 누비는 청년들,

소와 말이 들판을 오가는 모습.

(반신) 늙은 농부 한 사람이 농기구를 짊어지고 빠른 발걸음으로

지나간다.

S# 69

(전경) 공동 경작소 쪽에서 청년 너덧 명이 돌아온다.

점차 농부와 가까워진다. (이동)

(반신) 청년들의 선두에 있는 사람은 지금은 졸업했으나 예전 보

통학교 다닐 때부터 성실하고 건실한 청년으로서 동창 중

에서도 돋보였던 김주익이다.

(반신) 늙은 농부, 점점 일행 쪽으로 다가온다.

그리고 제일 앞에 선 김주익을 본다.

(클로즈업) 늙은 농부가 갑자기 감격에 가득 찬 표정.

(반신) 늙은 농부, 머리에 둘렀던 수건을 푼다.

【자막】 박완수 할아버님 아니십니까.

(반신) 늙은 농부, 기대했던 말을 들었다는 듯이 말이 끝나기도
전에 가볍게 몇 번이고 고개를 끄덕인다.
그리고 모두를 둘러보며.

【자막】 예…예…
늘 여러분 덕에 이 늙은이 힘에 부치는 일들을 해내고 있습
니다. 그저 감사할 따름이지요.

(반신) 일동 고개를 끄덕인다. 그리고 가볍게 미소 지으며 이야
기를 나눈다.

(전경) 한 청년이 나서서 박완수의 어깨를 두드리며

【자막】 하하…할아버지, 그런 인사는 안 하셔도 돼요.
저희 담배 피울 시간 정도만 대 여섯 명이서 일하면…
그런 건 일도 아니에요.

(반신) 박완수, 감사하며 머리를 숙인다.

(전경) 일동, 인사를 하며 돌아간다.

【자막】 아…요즘 마을 젊은이들은 우리 때랑 참 다르구나…

106

(반신) 박완수, 청년들과 반대쪽을 향하며

　　자꾸만 자신이 젊었던 시절을 떠올리는 듯.

S# 70　【환상】

생각난 듯이 얼굴을 든다.

일면 푸르디푸르게 우거진 뽕밭이 있다…(용암)…

순간, 뽕밭이 갑자기 황폐한 미개간지로 변한다.

S# 71

(전경) 젊은 박완수가 계속해서 풀을 베고 있다.

　　대여섯 칸 떨어진 곳에 지게가 놓여 있다.

(클로즈업) 지게에는 베어 낸 풀이 약간 쌓여 있다.

(반신) 박완수, 서둘러 풀을 벤다.

(전경원사) 태양이 점점 기울어 붉게 물들어간다.

(반신) 박완수, 태양을 올려다보며 괴로운 듯이 깊은 한숨을 내

　　쉰다.

(전경) 그리고 또다시 열심히 풀을 벤다.

　　그의 뒤로 조금씩 풀 더미가 쌓여간다.

(전경) 비슷한 또래의 젊은이 한 명.

(반신) 그도 등에 지게를 지고 있다. 그리고 베어 낸 풀이 조금 쌓여 있다.

그리고 그 또한 석양을 바라본다.

(반신) 몰래 숨기듯이 지게를 내려놓는다.

S# 72

(전경) 박완수가 베어 낸 풀 더미들을 훔치려는 듯.

S# 73

(클로즈업) 젊은이의 떨리는 손이 풀을 움켜쥔다.

(전경) 빠른 걸음으로 도망치려고 하는 젊은이.

(반신) 박완수, 여전히 눈치 채지 못하고 풀을 벤다.

(클로즈업) 풀 한 무더기 뒤쪽의 돌 한 덩이.

(클로즈업) 돌과 낫이 부딪치고…

【자막】 박 "앗…"

(반신) 젊은이가 깜짝 놀라 돌아본다.

(전경) 재빨리 도망친다.

(반신) 낫을 들어 올려 칼날을 들여다보던 박완수, 앗 하고 놀란다.

S# 74 돌아본다

(클로즈업) 갑자기 몹시 화가 난 표정.

(반신) 낫을 집어던지고

(전경) 젊은이의 뒤를 쫓아간다. (이동)

(전경) 젊은이의 지게가 있는 곳 근처에서 박완수가 따라 잡는다.

(반신) 젊은이, 훔친 풀을 던지듯이 놓고는 박의 얼굴을 바라보
며 겸연쩍은 듯이 고개를 떨어뜨린다.

(전경) 젊은이, 몸을 굽혀 사과하며 빈다.

【자막】 좀 봐주세요, 용서해 주세요.

【자막】 "뭐라고?…"

(클로즈업) 젊은이의 괴로워 보이는 슬픈 표정.

(클로즈업) 박의 화난 얼굴에 스치는 약간 의심스러워 하는 표정.

【자막】 용서해 주십시오. 제가 잘못했습니다.
제가 돌아가지 않으면 오늘 밤 땔감이 없습니다.

【자막】 "오늘 밤…?"

(반신) 박, 치켜든 손을 내린다.

(반신) 젊은이는 애원하듯이.

【자막】 오늘 아침부터…산마다 돌아다녔는데…

다 베어가 버려서 산에 풀 한 포기도 없더라구요.

(반신) 박완수가 고개를 끄덕인다.

(클로즈업) 젊은이가 계속해서 말한다.

【자막】나무를 심어 숲을 무성하게 하는 일을 게을리 했던 옛날 조
선에서 더구나 민둥산조차 소유하지 못한 빈민들은 나무가
시들어 버리는 계절이 되면…
그것은 먹고 입는 문제보다 지독한 커다란 위협이었다.

S# 75

(반신) 박의 진정된 얼굴, 이윽고 박은 돌아서서

S# 76

(전경) 자신이 베어낸 풀을 전부 모아서 다가 온 젊은이의 지게
에 쌓는다.

(반신) 젊은이의 놀란 표정.

(반신) 박완수, 젊은이를 재촉해서 풀을 쌓는다.

【자막】늦었으니 빨리 돌아가시오.
나는 어떻게든 마련할 테니까…

【자막】"감사합니다."

(전경) 태양이 바야흐로 저물기 시작하려고 한다.

S# 77

젊은이는 감사에 가득 찬 발걸음으로 계속해서 박이 서 있는 쪽
을 뒤돌아본다.

(반신) 박완수가 고개를 끄덕이며 젊은이가 가는 방향의 먼 산으
로 눈길을 돌린다.

S# 78

(전경) 붉고 헐벗은 산⋯(이동)

어린 소나무만이 점점이 자라고 있는 산⋯

첩첩이 이어진 산. (용암) (이중노출)

순간, 붉은 산이 사라지고 울창한 삼림⋯

(전경) (클로즈업) 오동나무 숲

(전경) (클로즈업) 밤나무 숲

(전경) (클로즈업) 소나무 숲

점차 아래쪽을 비춘다.

S# 70으로 돌아간다.

【환상】 끝.

S# 79

예용의 자택 안뜰.

뜰 오른쪽에는 뽕나무 가지가 높다랗게 쌓여 있다.

그 옆쪽으로는 빈 누에고치 더미가 작은 산처럼 보인다.

S# 80

마루 쪽에서 태선의 어머니가 바쁘게 뽕잎을 고르고 있다.

S# 81

(전경) 조선의 온돌방을 개조한 침실.

　　　한 젊은 부인이 열심히 누에에게 뽕잎을 먹이고 있다.

(클로즈업) 잠란지(蠶卵紙)35)에서 막 돌아온 누에.

(클로즈업) 약간 자란 누에, 뽕잎을 주는 손.

【자막】 갱생의 생활을 시작했던 태선.

───────

35) 누에의 알을 붙인 종이.

지금은 한 가정의 가장으로서 쉼 없는 노력과 분투는 현재
태선의 모든 것이자 운명이다.

S# 82

(전경) 대문 쪽으로부터 산처럼 쌓인 뽕나무 가지를 날라 오는
　　　모습이 점차 가까워진다.

(반신) 짐을 내려놓는 태선.

(클로즈업) 구슬 같은 땀방울이 흘러내린다.

(반신) 방 안쪽을 본다.

(전경) 일에 열중한 부인의 모습을 보고 안심한 듯 기쁨에 가득
　　　찬 표정.

S# 83

(전경) 그때 나오는 아버지 용의.

【자막】 오 태선이냐. 방금 면사무소에서 이런 걸 가져왔더라.

(반신) 용의, 편지 한 통을 건넨다.

(클로즈업) ○○면장

(클로즈업) 편지를 뒤집어 본다.

(클로즈업) ○면 ○리 번지

예태선 귀하

(반신) 태선, 의아한 듯이 봉투를 뜯는다.

봉투를 용의에게 건넨다.

일찍이 총독부에서는 우량 부락 및 지방 단체 중 성적이 우수한 곳을 조사 중인 바 본 면(面)도 면민 일동의 노력의 결실로써 우량 부락으로 선정되기에 이르렀으니 이에 표창을 받게 되었습니다.

(클로즈업) 태선의 기쁨과 놀라움으로 가득 찬 표정.

(반신) 용의, 걱정스러운 표정으로 편지를 들여다본다.

(클로즈업)

이는 오로지 청년단원 일동 귀하의 지도가 뛰어났던 결과이니 그저 광영일 따름입니다. 금번 순시중이신 이쿠타(生田) 내무국장 각하의 참석 하에 보통학교 교정에서 수여식이 거행됨에 따라 오는 23일 당 사무소까지 와주시기 바랍니다.

7월 21일

면장 김 열 규

예태선 귀하

(반신) 태선, 기뻐하며 용의에게 편지의 내용을 들려준다.

(전경) 그때 들어오는 박완수.

　　　　그 뒤로 공동 경작에서 돌아오는 길인 듯한 김주익 일동
　　　　이 농기구를 어깨에 메고 들어온다.

(반신) 태선, 일동을 향해 편지를 보여준다.

(전경) 일동, 기쁜 표정. 그리고 이야기꽃이 핀다.

(전경) 용의, 마루로 와서 부인과 며느리에게 편지 봉투를 두드
　　　　려 보이며 그 의미를 이야기해 들려준다. 두 사람의 기뻐
　　　　하는 얼굴.

(전경) 보통학교의 뜰

【자막】 표창장 수여식

(전경) 교문에 교차되어 걸린 국기.

(전경) 교정에 모인 군중.

(전경) 시골에 어울리지 않는 고급 자동차가 두어 대 나란히 서
　　　　있다.

S# 84 학교 사무소 앞의 혼잡

S# 85 수여식장

(전경) 정면 한 단 높은 곳에 책상을 놓여 있고 그 위에 하얀 천
이 덮여 있다.

(반신) 정면, 내무국장 그 외 유지 관계자 일동.

(이동) — 순간 (전경)

(전경) 그 양쪽에 학교 학생들 및 마을 사람들.

(전경) 줄 지어 선 청년 단원 일동.

(반신) 오른쪽 끝에 선 예태선의 얼굴,

긴장했으나 감출 수 없는 기쁜 표정.

(반신) 면사무소 직원 한 사람이 면장에게 귓속말을 한다.

(전경) 표창장을 받으러 나오는 예태선, 일동 박수.

(클로즈업) 내무국장의 얼굴.

(반신) 국장, 곧 상장을 읽는다.

【자막】

표 창 장

○○도 ○○면 청년회

앞서 총독부에서는 권업 방면의 사업 장려를 위해 우량 부락 및

단체의 선발 규정을 마련하여 일반 지방 농민의 장려를 꾀하였다.

　근래 일부 경박한 무리가 불온한 사상 또는 화려한 도시의 표면만을 보고 움직이거나 거짓되고 경박한 풍조가 만연함에 반해 본 회는 각자 노력하여 근로호애(勤勞好愛)의 아름다운 습관을 함양하기에 힘써 한 뜻으로 자각적인 발전과 농사 개량에 분투하는 한편 인습에서 탈피하려고 노력하여 현재와 같은 경도적 발전을 이룩한 바 본 회의 묵묵한 활동의 모범이 보수적 농민의 계발에 기여한 바가 크므로 본 회의 공적의 현저함을 인정하여 이에 표창한다.

1928년 7월 20일

조선총독부 정무총감 이케가미 시로(池上四郎)

(전경) 일동, 웅성웅성 술렁인다.

(반신) 예태선, 앞으로 나아간다.

(전경) 내무국장, 표창장을 건넨다.

(클로즈업) 예태선의 감격에 가득 찬 얼굴.

(반신) 공손하게 받아 물러난다.

　　　그리고 다시 한 번 경례한다.

(클로즈업) 처음으로 제정신으로 돌아온 듯한 태선 ― 순간.

(이중노출) S# 50으로 되돌아간다 ― 잠시 후 사라진다.

【자막】 축복 받은 이들이여,
　　　위대한 대자연의 품에 안겨 맑고 깨끗한 삶을 향해 가자
　　　행복은 영원히 그들 위에…

오 여명(黎明)…여명…
영광은 곧 그들 위에…

S# 86

(용암) 높은 산등성이 위에 버티고 선 남성미 흘러넘치는 한 젊
은이. 주먹을 쥐어 양 손을 들어 올리고 여명을 향해 환호
하는 모습.

— 끝 —

1920년대 재조일본인 시나리오 선집 2

초판 인쇄   2016년 6월 17일
초판 발행   2016년 6월 24일

편역자   임다함
펴낸이   이대현
편 집   권분옥
펴낸곳   도서출판 역락
주 소   서울시 서초구 동광로 46길 6-6 문창빌딩 2층
전 화   02-3409-2060(편집부), 2058(영업부)
팩 스   02-3409-2059
등 록   1999년 4월 19일 제303-2002-000014호
이메일   youkrack@hanmail.net

정 가   8,000원
ISBN   979-11-5686-340-3 03830

이 저서는 2007년 정부(교육과학기술부)의 재원으로 한국연구재단의 지원을 받아
수행된 연구임(NRF-2007-362-A00019).